어깨동무를 위한 불가리아 민담

우리 할머니의 동화
(Fabeloj de Mia Avino)

하산 야쿱 하산(Hasan Jakub Hasan) 지음
장정렬 옮김

우리 할머니의 동화

인　쇄 : 2021년 12월 13일 초판 1쇄
발　행 : 2021년 12월 20일 초판 1쇄
지은이 : 하산 야쿱 하산(Hasan Jakub Hasan)
옮긴이 : 장정렬(Ombro)
표지디자인 : 노혜지
펴낸이 : 오태영(Mateno)
출판사 : 진달래
신고 번호 : 제25100-2020-000085호
신고 일자 : 2020.10.29
주　소 : 서울시 구로구 부일로 985, 101호
전　화 : 02-2688-1561
팩　스 : 0504-200-1561
이메일 : 5morning@naver.com
인쇄소 : TECH D & P(마포구)

값 : 12,000원
ISBN : 979-11-91643-35-0(03890)

어깨동무를 위한 불가리아 민담

우리 할머니의 동화

(Fabeloj de Mia Avino)

하산 야쿱 하산(Hasan Jakub Hasan) 지음

장정렬 옮김

진달래 출판사

*도서 정보:

1999년 11월, 저자 하산은 자신이 채록해 발간한 『우리 할머
니의 동화』를 중심으로 해서 민담을 불가리아 내 터키민속 콘
퍼런스에서 강연했다. (자료: 러시아 잡지 <La Ondo de
Esperanto>(1999년 제2호).

한국어로 옮긴 장정렬 씨에게

저는 1964년 불가리아 북서부 오무르탁(Omurtag)시에서 태어났습니다. 저는 그곳의 코놉(Konop) 마을에서 살았습니다.

중등 교육과정은 오무르탁 시내에 위치한 자동차 수송 기술 중학교에서 마쳤습니다.

블라고예프그라드(Blagoevgrad)시 남서대학교 (Sudokcidenta universiteto)에서 지리학을 전공하고, 여행학을 부전공으로 학사과정으로 마쳤습니다. 저는 지리학 교사 자격증을 가지고 있습니다.

저는 두 곳에서 석사과정을 수료했습니다. 즉, 벨리코 타르노보(Veliko Tarnovo) 대학교에서 지리학 석사과정과 공공행정학 석사과정을 마쳤습니다. 그래서 "공공 행정" 석사 학위도 있습니다. 저는 지리학 교사로 6년간 근무했습니다. 2003년부터 저는 안토노보시에서 "복지부"에서 과장과 부장으로, 오무르탁에서 같은 부서의 장으로 일하고 있습니다.

저는 터키어, 불가리아어, 에스페란토를 할 줄 압니다. 러시아어와 영어는 잘 하지는 못합니다.

저는 3권의 책을 출간했습니다.

에스페란토로 『우리 할머니의 동화』(Fabeloj de mia avino)를 지었고, 터키어로는 사브리 콘씨(Sabri Con)와 함께 『Bir varmış bir yokmuş-Gerloro ve Tozluk masallari』을 출간한 적이 있습니다. 또 불가리아어와 터키어로-『Túrk masallari-Турски приказки』- 사브리 콘 씨와 함께 저술했습니다. 마지막 2권은 역자가 알고 있는 에스페란토 판을 좀 더 기운 것입니다.

　저는 에스페란토 관련 잡지에 기고도 하고, 서평을 내거나 번역물이 약간 있습니다.

　불가리아어로 발표된 것으로는 슈먼(Shumen)과 루세(Ruse)와 타르노보(V.Tarnovo)이 있는데, 이 발표문들은 주로 지리학에 관한 것입니다.

　계속해서 저는 민속학, 제가 사는 지역의 지명 연구에, 지리학에, 번역에, 저술 활동에 관심 가지고 있습니다.

그럼, 또 연락하기를 바라며.

이 작품이 한국어로 성공적으로 번역 출간한다니 마음으로 축하를 보냅니다!
다가오는 2022년에도 더 많은 애독자를 만나기를 기대합니다.
그러면 혹시 나에게도 한국어판 할머니의 동화를 한 부 보내 줄 수 있나요?

하산 야쿱 올림

Estimata sinjoro Ombro

Mi estas naskita je la 20.10.1964 jaro en urbo Omurtag. Loĝis mi en vilaĝo Konop.

Mezan edukitecon mi ricevis en Meza teknika lernejo pri aŭtotransporto en urbo Omurtag.

Altan edukitecon de grado bakalauro, mi finstudis en Sudoksidenta universiteto en urbo de Blagoevgrad, fako geografio kaj kroma turismo. Mi havas ankaŭ profesian kvalifikon instruisto pri geografio.

Mian edukitecon laŭ magistra programo mi finstudis en universitato de urbo Veliko Tarnovo. Mi estas magistro pri "Geografio"

Laŭ dua magistra programo mi studis en fako "Publika administrado" de la sama universitato. Mi estas magistro pri "Publika administrado".

Mi laboris ses jarojn kiel instruisto pri geografio.

De 2003 mi laboradis en "Oficejo pri socia helpo" en la urboj Antonovo kiel fakestro kaj direktoro, en Omurtag estro de sektoro.

Mi parolas: turkan, bulgaran, esperanton. Rusan kaj anglan mi uzas ne bone.

Mi havas publikigitajn tri libretojn: en esperanto-"Fabeloj de mia avino', en turka lingvo "Bir varmış bir yokmuş-Gerloro ve Tozluk masallari"-kunautoro Sabri Con. En bulgara kaj turka (dulingva) -"Túrk masallari-Турски приказк и"- kunautoro Sabri Con. La lastaj du estas la plilarĝigitaj variantoj de la unua mia fabelaro, kiun vi konas.

Mi havas ne multe da artikoloj, recenzoj kaj tradukoj en Esperanto gazetaro.

En bulgara lingvo prezentitaj publikigitaj estas miaj 4 raportoj dum la konferencoj en la universitatoj de urboj Shumen kaj Ruse kaj V.Tarnovo. Ilia temo estas geografia.

Daŭre mi havas interesojn pri folkloro, toponimoj de mia regiono, pri geografio, pri tradukarto kaj originalaj verkoj.

Jen ĉio en ĉefaj trajtoj pri mi.

Estimata sinjoro Ombro,

Dankon pro la bona novaĵo kaj sendita fabelaro.

Korajn gratulojn pro via sukcesa laboro!

Espereble vi povos printi pli da ekzempleroj dum la nova 2022. Bonvolu informi min pri la novaĵoj rilate la Fabelaro.

Ĉu vi povos sendi al mi unu originalan surpaperan ekzempleron?

Estime vin salutas, Hasan Jakub

* 차   례 *

격려사

불가리아 출신 "하산 야쿱 하산"의 작품을 "우리 할머니의 동화"라는 제목으로 번역하여, 환갑이라는 인생에 즈음하여, 어린 시절 우리가 들었던 어른들의 옛날 옛적 동화를 다시 일깨워, 동심의 세계로 돌아볼 수 있는 시간을 가지게 하고, 향후 손자·손녀들에게 들려줄 수 있는 이야기를 제공해 주는 장정렬 친구에게 무한한 감사의 마음을 우선 전하고자 합니다.

이제 우리 어깨동무들은 대부분 환갑을 지나고 있습니다. 지난 세월을 돌이켜 보면, 행복하고 그립고 즐거운 시절도 있지만, 슬픔, 고난과 절망과 같은 어려운 시절을 슬기롭게 극복해 오늘에 이르러 우리는 각자 나름대로 잘 살고 있습니다.

현재 우리는 특별한 사고가 없으면 백세시대를 바라보고 있다고 합니다. 그래서 여생인 제2의 인생을 어떻게 보낼 것인가 하는 것이 문제입니다. 사람마다 각자 추구하는 것이 다르기에 어떤 것이 정답인지 아무도 모르지만, 우리의 인생이 끝나는 날까지 건강하게 사는 것이 최상이라 합니다.

이는 남은 향후 인생에 있어 모든 근심·걱정·욕망을 버리고 주변의 벗들과 즐기면서 적당한 운동과 행복하게 사는 것이 최선이라는 말이기도 합니다.

창원시 의창구 북면 온천초등학교 제28회 동기회 친구들은 제주도 여행도 가고 순천 습지 공원 소풍도 다녀 왔습니다. 그때 사진을 추억으로 넣어 둡니다.

　향후 남은 인생을 옛 시절의 추억을 회상하며 건강하고 행복하고 멋지게 살아갈 수 있도록 우리 모두 서로 어깨동무하며 힘차게 살아가 보세.

2021. 12.

온천초등학교 제28회 동기회장 김 주 봉

1. 수탉이 자신의 친구를 구하다

어느 날 낮, 수탉은 마당에 쌓아둔 두엄 속을 헤집다가 금화 한 개를 발견했단다. 햇빛에 반짝거리는 그 금화를 본 수탉은 그 반짝거리는 것이 불로 인해 불빛으로 보였단다. 그래서 수탉은 마당에서 집 밖으로 뛰쳐나왔단다.

집을 뛰쳐나온 수탉은 들판에서 계속 뛰어가다 오리를 만났는데, 오리가 수탉에게 물었다.

"이웃집 수탉아, 왜 그렇게 뛰어가니?"

수탉은 숨을 헐떡이며 대답했다.

"우리 집이 불타고 있어. 또 온 마을이 필시 불타버릴 거야. 묻지 말고 내 뒤를 따라와."

오리는 수탉 뒤를 따라 뛰어갔다.

그 둘은 뛰어가다 토끼를 만났는데, 토끼가 그 둘에게 물었다.

"이웃들아, 왜 그렇게 뛰어가니?"

이번에는 오리가 숨을 헐떡이며 대답했다.

"묻지 말고 우리를 뒤따라와. 수탉 집이 불타고, 또 온 마을이 필시 불타버릴 거야."

그러자 토끼도 그 둘과 합류했다.

그들은 달리고 또 달리는 중에 알 하나를 만났는데, 그 알이 그 셋에게 물었다.

"친구들아, 왜 모두 어딜 뛰어가니?"

그 셋은 멈추지도 않고 대답했다.

"묻지 말고 우리를 뒤따라와. 수탉 집이 불타고, 또 온 마을이 필시 불타버릴 거야."

알은 뛰어가는 동물 뒤에서 자신의 몸을 굴리며 따라갔다.

그렇게 내빼던 동물들이 이번에는 그 마을로 들어서고 있는 당나귀를 만났다. 당나귀가 그 동물들에게 물었다.

"친구들아, 왜 모두 뛰어가니?"

그들은 헐떡이면서 당나귀에게 대답했다.

"묻지 말고 우리를 뒤따라와. 수탉 집이 불타고, 또 온 마을이 필시 불타버릴 거야."

당나귀는 오래 주저하지도 않고 그들의 무리에 들어갔다.

나중에 그 동물들은 가만히 서 있는 소를 지나치게 되었다, 그러자 소가 그들에게 물었다.

"친구들아, 왜 모두 뛰어가니?"

"묻지 말고 우리를 뒤따라 와. 수탉 집이 불타고 있고, 또 온 마을이 필시 불타버릴 거야. 우린 불길을 피해 달아나고 있어."

그러자 소도 그들의 무리에 들어갔다.

달아나던 동물들이 마을 근처의 숲 옆의 외딴 방앗간에 도착하였을 때, 벌써 저녁이 되었다. 혹시 밤에 자신들이 늑대에게 발견되지 않도록 하려고 그 동물들은 모두 방앗간 안에서 밤을 보내기를 결정했다. 그들은 모두 방앗간 안에 들어갔다. 그 안에서 각자 한 가지씩 유용한 일을 했다. 한 동물은 불을 켰고, 다른 동물은 방앗간 내부를 비로 쓸고, 셋째 동물은 방을 정리하였다.

그러고는 짐승들은 각자 스스로 잘 지키기를 결정했다. 그래서 오리와 수탉은 굴뚝 옆에 자리를 잡았다. 소는 문 뒤에 누웠다. 당나귀는 창문 밖에 누가 오는지 지켜보게 했다. 토끼는 프라이팬을 집어 **할바**[1]라는 음식을 만들었다. 고양이는 불 앞에 자리 잡았다. 두려움이 많은 알은 자신의 몸을 불 옆의 재 속에 숨겼다.

그런데 불행하게도 그 방앗간이 바로 늑대들이 사는 집이었다. 자정이 되자 바깥에서 지내던 늑대들이 자신의 방앗간 집으로 돌아왔다. 그들은 자기 집의 출입문이 잠겨 있고, 창문도 닫혀있는 것을 알았다. 그러자 그 늑대 무리 중에 발을 저는 늑대가 한 마리 있었다. 그들은 발을 저는 그 늑대가 먼저 굴뚝을 통해 들어가, 그 집 출입문을 열도록 결정했다. 그 늑대가 굴뚝을 통해 방에 들어서니, 맨 먼저 오리를 만났다. 오리는 그 늑대를 발견하자, 그의 눈 한쪽을 쪼아 버렸다. 그러자 그 옆에 있던 수탉이 그의 다른 눈 한쪽도 쪼아 버렸다. 그래도 그 늑대가 자신의 집 출입문을 열려고 하자, 이번에는 소가 자신의 뿔로 그 늑대의 다리 하나를 부러뜨렸다. 그래서 그 늑대는 창문을 통해 내빼려고 했으나, 그곳에서 당나귀가 자신의 발굽으로 그 늑대를 한 방 차버렸다. 그러자 늑대는 불 앞으로 고꾸라졌는데, 그곳에서는 고양이가 그의 몸을 덮쳐 뛰어올랐고, 그의 몸을 할퀴며 상처를 냈다.

마침 그 불 옆에는 불에 달궈진 알이 바로 그때 그만 터져 버렸다. 늑대가 자신에게 말했다. "이제 내게 총마저 쏘는구나." 이미 힘이 **빠진** 늑대는 **할바**를 요리하고 있던 토끼를 만났다. 토끼가 큰 프라이팬으로 늑대 머리를 때리자, 늑대는 이제 거의 죽을 지경이 되었다. 그래도 어찌하여 그 늑대는 마침내 출입문을 열어, 밖으로 내뺄 수 있었다.

---

1) *역주: 불가리아 음식, 우리나라의 두부 같은 먹거리

밖으로 나온 그 늑대는 자신의 동료들에게 이렇게 겨우 말해
줄 수 있었다.

"우리 여기서 달아나자! 저 안에 들어갔다가 내가 맞아 죽
을 뻔했어!"

그러자 그 늑대 무리는 내뺐다.

방앗간에서 멀리 물러난 늑대 무리에서 그 발을 절뚝거리
며 걷던 늑대가 말했다.

"내가 굴뚝을 들어가서 빠져나오던 순간에 누군가 굽은 칼
로 내 눈을 찔렀어. 그러자 다른 녀석이 낫으로 다른 눈을
찔렀어. 내가 출입문을 열려고 했지만, 누군가 지팡이로 내
다리를 때렸어. 그래서 내가 창가로 내뺐더니, 이번에는 누군
가 곤봉으로 나를 세게 쳤어. 나는 그만 땅에 고꾸라졌어. 그
순간 무슨 무서운 녀석이 내 위로 올라타고는 나를 산 채로
잡고서, 내 털을 벗기려 했어. 바로 그 순간 누군가 내게 총
을 쏘는 게 아닌가. 그런데 가장 공포의 순간은 마지막 녀석
이었는데, 그놈은 나를 뒤쫓아 오면서 큰 프라이팬을 들고서
마치 나를 그 프라이팬에 넣어 구워서 식빵으로 만들고 싶어
했다구."

그 마을에서 피난해 온 짐승들은 늑대들을 쫓아내고는 안전
하게 잠을 잘 수 있었다.

아침이 되어 주위를 둘러본 그들은 자신들이 어제까지 살던
마을은 전혀 화재도 없고, 연기도 없음을 알고, 기쁜 표정으
로 자신의 마을로 돌아왔단다.

Koko savas siajn amikojn

Iu koko piedfosis sterkejon kaj trovis oran moneron. Ĝi brilis pro la sunradioj kaj al la koko ŝajnis ke tio estas flamoj de incendio. La koko forfuĝis el la korto.

Kurante sur la kampo, ĝi renkontis anseron, kiu demandis:

– Kial vi kuras, najbaro koko?

La koko anhele respondis:

– Brulas nia domo kaj verŝajne la tuta vilaĝo. Ne demandu, sed sekvu min.

La ansero ekkuris post la koko.

Kurante ili renkontis kuniklon, kiu demandis:

– Kial vi kuras, najbaroj?

La ansero respondis anhele:

– Ne demandu, sed postkuru nin. La domo de la koko brulas, kaj verŝajne ankaŭ la tuta vilaĝo.

La kuniklo aliĝis al ili.

Kuris ili, kuradis kaj renkontis ovon, kiu demandis ilin:

– Kial vi kuras, amikoj?

Ili, eĉ sen halti, respondis:

– Ne demandu, sed postsekvu nin. Brulas la domo de la koko, kaj verŝajne ankaŭ la tuta vilaĝo.

La ovo ekruliĝis post la kurantaj bestoj.

La fuĝanta grupo renkontis azenon, kiu revenis en la vilaĝon.

Ĝi demandis la bestojn:

- Kial vi kuras, amikoj?

Ili anhelvoĉe respondis al ĝi:

- Ne demandu, sed postsekvu nin. Brulas la domo de la koko,

kaj verŝajne ankaŭ la tuta vilaĝo.

La azeno ne longe hezitis kaj aliĝis al ili.

Poste la bestoj preterkuris bovon. Tiu ilin demandis:

- Kial vi kuras, amikoj?

- Ne demandu, sed postsekvu nin. Brulas la domo de la koko, kaj verŝajne ankaŭ la tuta vilaĝo. Ni fuĝas de la incendio.

Jam vesperiĝis, kiam la bestoj atingis forlasitan muelejon apud arbaro. Ili decidis tranokti en ĝi, por ke la lupoj ilin ne trovu. Enirinte en la muelejon, unu ekbruligis la fajron, alia balais, tria la ĉambron ordigis, do ĉiu ion utilan faris.

La bestoj decidis esti singardemaj. Tial la ansero kaj la koko stariĝis apud la kamentubo. La bovo kuŝiĝis malantaŭ la pordo. La azeno observadis tra la fenestro. La kuniklo prenis paton kaj kuiris halvaon. La kato kuŝiĝis antaŭ la fajro. La timema ovo sin kovris per cindro apud la fajro.

En tiu muelejo loĝis lupoj, kiuj revenis noktomeze. Ili vidis ke la pordo estas ŝlosita, kaj la fenestro - fermita.

Inter ili estis lama lupo. Oni decidis, ke ĉi tiu penetru internen tra la kamentubo por malŝlosi la pordon. Kiam la lupo eniris la ĉambron, unue ĝi trafis la anseron, kiu bekis ĝian okulon. La koko, kiu estis apude, forbekis la alian okulon. La lupo provis malfermi la pordon, sed la bovo per siaj hornoj rompis ĝian kruron. Tiam la lupo volis forkuri tra la fenestro, sed tie ĝin trafis la hufbato de la azeno. La lupo falis antaŭ la fajro, kie la kato saltis sur ĝin kaj komencis ĝin gratvundi.

Tiutempe, varmigita de la apuda fajro, la ovo eksplodis. La lupo al si diris: "Jen oni pafas al mi". Jam senforta, la lupo trafis la kuniklon, kiu kuiris halvaon. Tiu per la granda pato batis ĝian kapon, kaj tiu apenaŭ ne mortis. Fine la lupo sukcesis malfermi la pordon kaj elkuris eksteren. Ĝi nur suksesis diri al siaj kunuloj:

- Ni forkuru de ĉi tie! Oni preskaŭ mortigis

min!

La luparo tiel faris, kaj kiam ili estis for de la muelejo, la sama lupo rakontis

- Kiam mi eliris el la kamentubo, iu per serpo pikis mian okulon. Poste alia per falĉilo eligis la duan. Mi deziris malfermi la pordon, sed iu per stango rompis mian kruron. Kiam mi proksimiĝis al la fenestro, oni per klabo bategis min. Mi falis teren, terura aĉulo saltis sur min kaj provis senfeligi min viva. Samtempe iu pafis al mi. Sed plej terura estis la lasta, kiu pelis min kaj portis grandan paton, dezirante baki min en ĝi.

Forpelinte la luparon, la bestoj trankvile tranoktis. Matene ili vidis klare, ke en la vilaĝo nek fajro nek fumo estas, kaj ili ĝojaj revenis en sian vilaĝon.

2. 수탉과 종

옛날에 수탉이 한 마리 살았단다. 어느 날 수탉은 두엄을 발로 파헤치다가 작은 종을 하나 발견했단다. 그 두엄 옆에는 떡갈나무가 자라고 있었단다. 수탉은 떡갈나무에 요청했단다.

"떡갈나무야, 허리를 굽혀 봐, 네 나뭇가지에 이 작은 종을 걸어 줄게."

아무 반응 없이 시간이 좀 흐르자, 수탉은 다시 그 나무를 향해 요청했다.

"떡갈나무야, 너에게 이 작은 종을 걸 수 있도록 허리를 굽혀 봐."

그래도 떡갈나무는 그 수탉의 요청을 들어주지 않았다. 그러자 수탉은 그 나무를 향해 말했다.

"내가 너를 쓰러뜨리라고 도끼에게 말해 버릴 거야!"

수탉은 도끼를 찾아 가, 말을 걸었다:

"이 작은 종을 저 떡갈나무에 걸 수 있도록 네가 저 나무에 도끼질을 좀 해 줘."

"난 내 날을 무디게 하고 싶지 않아." 도끼가 대답했다.

그러자 수탉은 화를 내며 말했다.

"내가 돌을 찾아 가, 너의 날을 무디게 해 달라고 할 거야!"

수탉은 돌을 찾아 가, 도끼날을 무디게 해달라고 요청했으나, 그 돌은 이렇게 대답했다.

"난 지금 햇볕을 쬐고 있어, 그러니 나는 도끼 일에 끼이고 싶지 않아."

그러자 수탉은 위협하며 말했다.

"내가 불을 찾아 가, 너를 달구어 깨 버리라고 하겠어!"

수탉은 불을 찾아 가, 돌을 깨버려 달라고 요청했다. 그러자 불은 이렇게 대답했다.

"지금 나는 조용히 불타고 있는데, 돌의 일엔 끼이고 싶지 않아."

수탉은 불을 위협하며 말했다.

"내가 물을 찾아 가, 네가 불타는 것을 막도록 할 거야!"

그래서 수탉은 물을 찾아 가, 저 불을 좀 꺼달라고 부탁했다. 그러자 그 물이 대답했다.

"지금은 내가 맑게 흐르고 있는데, 불을 끄는 일엔 끼어들고 싶지 않아."

그러자 수탉은 그 물마저 위협했다.

"이제 물소에게 부탁해 너의 물을 더럽혀 버리겠어!"

수탉은 물소를 찾아 가 부탁을 해 보았으나, 물소는 이렇게 대답했다:

"내가 지금 여기 늪의 진흙에서 즐겁게 지내는데, 강물을 흐리게 만들고 싶지 않네."

수탉은 물소도 위협했다.

"난 생쥐에게 부탁해 네 귀를 갉아 먹게 하겠어!"

수탉은 생쥐에게 부탁했으나, 생쥐의 대답은 이러했다.

"지금 나는 이 곡식 창고에서 편안히 먹고 자는데, 그 늙은 물소 귀를 갉아 먹고 싶지 않네."

이번에는 수탉은 생쥐에게 말했다.

"내가 고양이에게 부탁해 네 녀석을 잡아 먹어버리라고 해야겠어!"

이제 수탉이 고양이를 찾아가서는 말했다. 그러나 고양이는 이렇게 답했다.

"지금 나는 양털로 가득한 둥지 안에서 편히 누워 있는데, 생쥐의 일엔 관심이 없네."

수탉은 하는 수 없이 느림보 고양이를 벌주라고 그 고양이의 안주인에게 요청했다.

그러자 그 안주인은 고양이를 매로 때렸다. 그 바람에 고양이는 생쥐를 쫓았다. 생쥐는 물소 귀를 갉았고, 물소는 강물을 흐리게 하려고 강으로 들어갔다. 강물은 불이 있는 곳으로 흘러, 불을 끄려 했다. 불은 돌이 있는 쪽으로 가서 그 돌을 더욱 세게 달구었다. 그러자 돌은 굴러 도끼를 향해 갔다. 도끼는 자신의 자리에서 일어나 떡갈나무를 도끼질하려고 했다.

그제야 떡갈나무는 자신의 등을 굽혀, 수탉이 가지고 있는 작은 종을 나무에 걸게 하였다. 그리고는 수탉은 두엄 위로 올라가서는, 즐거운 마음으로 꼬끼오- 했단다.

Koko kaj sonorilo

Vivis iam koko. Iun tagon, piedfosante la sterkejon, ĝi trovis sonorileton. Apud la sterkejo kreskis kverko. La koko ĝin ekpetis:

- Kliniĝu, kverko, mi deziras kroĉi la sonorileton al via branĉo.

Post iom da tempo la koko denove ekpetis la arbon:

- Bonvolu kliniĝi, por ke mi prenu mian sonorileton.

Sed la kverko ne plenumis ĉi tiun peton. Tiam la koko diris al ĝi:

- Mi petos la hakilon forhaki vin!

La koko sin turnis al la hakilo:

- Mi petas vin haki la kverkon, por ke mi prenu mian sonorileton.

- Mi ne volas malakriĝi - respondis la hakilo. La koko kolere ekparolis:

- Mi petos la ŝtonon malakrigi vin!

La koko petis la ŝtonon malakrigi la hakilon, sed ĉi tiu respondis:

- Nun ni sunbaniĝas kaj mi ne deziras okupiĝi pri la hakilo. Al ĝi la koko alparolis minace:

- Mi petos la fajron varmigi kaj dispecigi vin!

- 23 -

La koko petis la fajron dispecigi la ŝtonon.

- Nun mi trankvile brulas, mi ne volas okupiĝi pri dispecigo de la ŝtono - respondis la fajro.

La koko minace diris al la fajro:

- Mi petos la akvon estingi vin!

Poste la koko iris al la akvo kaj petis tiun estingi la fajron.

- Nun mi fluas klara kaj mi ne deziras estingi la fajron - respondis la akvo.

La koko minacis ankaŭ ĝin:

- Mi petos la bubalon malklarigi vin!

La koko petis la bubalon, sed ĉi tiu respondis:

-Nun mi ĝuas la ŝlimon de la marĉo kaj mi ne deziras malklarigi la riveron.

La koko minacis ankaŭ ĝin:

- Mi petos la muson rodi viajn orelojn!

La koko petis pri tio la muson, kiu respondis:

- Nun mi trankvile min nutras en la grenejo kaj mi ne volas rodi la orelojn de la maljuna bubalo.

La koko al ĝi ekparolis:

- Mi petos la katon formanĝi vin!

La koko petis la katon.

- Nun mi trankvile kuŝas sur sako plena je

lano kaj mi ne deziras peli la muson – estis la respondo de la kato.

La kako petis la dommastrinon puni la pigran katon. La virino bastonbatis la katon.

Ĝi ekpelis la muson. La muso ekrodis la orelon de la bubalo. Tiu eniris la riveron por malklarigi ĝin. La rivero ekfluis al la fajro por estingi ĝin. La fajro ekflamis pli forte ĉe la ŝtono. Ĝi ruliĝis al la hakilo. Tiu sin levis por forhaki la arbon.

Tiam, la kverko kliniĝis kaj la koko prenis sian sonorileton. Poste la koko grimpis sur la sterkejon kaj ĝoje ekkokerikis.

3. 수탉과 병아리

옛날옛적에 수탉과 병아리가 서로 친구가 되었단다.

한번은 둘이 숲으로 개암 열매를 따러 숲으로 갔단다. 수탉은 개암나무에 올라갈 수 있었지만, 병아리는 그렇지 못했단다. 병아리는 수탉에게 부탁했단다.

"친구야, 내게 개암 열매를 좀 던져 줘."

수탉은 개암 열매를 던져 주었고, 그 병아리는 그 열매의 껍질을 벗겨 먹어버렸단다.

"하나만 더 던져 줄래?"

병아리가 다시 부탁했단다.

수탉은 다시 개암 열매를 하나 던졌고, 병아리는 또 먹어버렸단다. 수탉은 또다시 개암 열매를 한 번 던졌는데, 그만 그 열매가 암소의 쇠똥 속으로 떨어져 버렸단다. 그러자 병아리가 다시 간곡히 부탁했단다.

"하나만 더 던져 주련, 친구야"

"넌 먹보구나. 넌 이미 나를 화나게 했어," 수탉이 고래고래 고함을 질렀단다. 그러고는 그는 개암나무에서 뛰어 내려와, 병아리의 눈을 쪼아 버렸단다. 그러자 병아리는 울면서 집으로 출발했단다. 수탉도 병아리를 뒤따라 집으로 갔단다.

그런데, 앞서서 그렇게 울며 집으로 가던 병아리가 여우를 만났단다. 그 여우는 병아리에게 물었단다.

"병아리, 너는 왜 우니?"

"수탉이 내 눈을 쪼아 버려서 그래." 불쌍한 병아리가 말했단다.

이번에는 여우가 뒤따라 오던 수탉에게 물었단다.

"수탉아, 너는 왜 저 병아리 눈을 쪼았니?"

"저 키 작은 나무가 주머니 달린 내 바지를 찢어버려서." 수탉은 대답했단다.

여우는 이번에는 그 키 작은 나무에게 물었단다.

"넌, 왜 수탉의 주머니가 달린 바지를 찢었니?"

"저 염소가 내 몸의 껍질을 벗겨 버렸기 때문이야."

여우는 이번에는 염소에게 물었단다.

"염소야, 왜 너는 저 키 작은 나무의 껍질을 벗겼니?"

"사람들이 나를 제대로 잘 먹이고 키우지 않아서 그래." 염소의 대답이었다.

이번에는 여우가 사람에게 물었단다.

"사람님, 당신은 왜 저 염소를 잘 먹여 키우지 않아요?"

"그건 곰이 내 빵을 훔쳐 가버렸기에 그랬지."

여우는 곰을 찾아 가 그에게 물었다.

"곰아, 너는 왜 사람의 빵을 훔쳐 가 먹었니?"

그 말에 화가 크게 나 있던 곰은 불평을 쏟아냈단다.

"배가 고파 그걸 먹었다. 왜? 난 네 놈도 잡아먹어야겠어."

그러자 여우는 번개처럼 내빼고서 더는 아무에게도 묻지 않았단다.

Koko kaj kokido

Vivis iam du amikoj, koko kaj kokido. Foje ili iris en arbaron por kolekti avelojn. La koko grimpis sur avelujon, sed la kokido ne povis. Ĝi ekpetis la kokon:

- Amiko, ĵetu al mi avelon.

La koko ĵetis avelon, la kokido senŝeligis kaj formanĝis ĝin.

- Ĉu vi ĵetus ankoraŭ unu avelon? - repetis la kokido.

La koko ĵetis alian avelon, kiun la kokido same formanĝis. La koko ĵetis trian avelon, sed ĝi falis en bovinan fekaĵon. La kokido petegis:

- Ĉu vi ĵetus ankoraŭ unu avelon, amiko mia?

- Frandulo, vi jam kolerigas min, -kriaĉis la koko. Li saltis de la avelujo kaj forbekis okulon de la kokido. Plorante, la kokido ekiris hejmen.

La kokido iris renkonte vulpon, kiu demandis ĝin:

- Kial vi ploras, kokideto?

-Ĉar la koko forbekis mian okulon - respondis la povra kokido.

La vulpo demandis la kokon, kiu sekve iris hejmen post la kokido.

- Kial vi forbekis la okulon de la kokido?
- Ĉar la arbusto ŝiris mian sakpantalonon.

La vulpo demandis la arbuston:
- Kial vi ŝiris la sakpantalonon de la koko?
- Ĉar la kapro senŝeligis mian tigon.

La vulpo demandis la kapron:
- Kapro, kial vi senŝeligis la arbuston?
- Ĉar la homo min ne bone paŝtigis - estis la respondo.

La vulpo demandis la homon:
- Kial vi ne paŝtigis bone la kapron?
- Ĉar la urso ŝtelis mian macon.

La vulpo demandis la urson:
- Urso, kial vi formanĝis la macon de la homo?

Tre koleriĝis la urso kaj ekgrumblis:
- Mi estis malsata kaj formanĝis ĝin. Vin mi ankaŭ formanĝos.

La vulpo fulmrapide forkuris kaj plu neniun pridemandis.

4. 늑대와 암 여우

한때, 늑대와 암 여우가 서로 친구로 살았단다. 한번은 둘은 숲에 뗄감을 구하러 갔단다. 늑대는 뗄감을 구하면서 하소연을 했단다.

"암 여우 누이야, 지금 배가 많이 아파. 집에 돌아갔으면 해."

암 여우는 그러라고 하면서 한 가지 부탁을 했단다.

"우리 집을 지나가다가, 내 아이들이 울지 않는지 한 번 챙겨봐 줘."

늑대는 암 여우의 집 출입문에 다다르자, 달콤한 목소리로 말을 걸었단다.

"귀여운 애들아, 너희는 착하기도 하지. 지금 네 어머니가 돌아왔단다. 겁먹지 말고 문 열어라!"

어린 새끼 여우들은 그 목소리의 주인공이 자신들의 어머니라고 추측은 하였지만, 문틈으로 그 말을 하는 이의 모습을 보고는 대답했단다.

"당신은 우리 어머니가 아니에요. 우리 어머니 손은 붉은 물감으로 칠하였거든요."

늑대는 자신의 새끼손가락에 상처를 내어, 그 피로 자신의 손을 빨갛게 물을 들였단다. 그리고 늑대는 다시 그 여우의 집 출입문으로 다가가, 다시 말을 시작했단다.

"자, 봐라, 내 손도 빨갛게 칠해져 있지. 정말 너희 어머니란다."

그러자 어린 여우들은 곧 그렇게 믿고 자신들의 집 출입문을 열어 주었단다. 늑대는 그 집에 들어가, 어린 새끼 여우들을 닥치는 대로 잡아먹어 버렸단다. 다행히 몇 마리만 그 순간 몸을 숨겨 목숨을 건졌단다. 그중 한 마리는 빗자루 뒤에 자신의 몸을 숨기고, 다른 한 마리는 벽시계 뒤, 또 다른 한 마리는 출입문 뒤에 몸을 숨겼단다.

나중에 그 암 여우가 집에 돌아 와 보니, 온 집안이 텅 비어 있음을 알게 되었다. 암 여우는 통곡하고 한탄했다:
"어린 것들아, 어디에 있니? 어느 나쁜 짐승이 너희를 잡아 먹었니?"
그중 살아 남았던 새끼 여우들이 자신이 숨어 있던 곳에서 나왔단다. 그들은 눈물을 흘리며 자신들에게 닥친 불행을 어머니에게 알려 주었단다.
그래서 그 사실을 알게 된 암 여우는 이번에 자신의 자식들을 위해 복수를 결심하였단다. 암 여우는 자신의 집 한가운데 구덩이를 파고 그 안에 불을 지폈단다. 그 구덩이가 달궈지자, 암 여우는 그곳을 빵 굽는데 쓰는 밀대로 가려 두었단다.
그러고는 암 여우는 늑대를 초대했단다.
늑대가 오자, 암 여우는 이렇게 말했단다.
"늑대여, 내 오라버니여, 오후에 내가 바닥에 회를 바르다가, 돗자리를 깔아 두는 것을 깜박했지. 이 밀대 위로 와서 앉아 있어."
그리고 그 암 여우는 빵을 만들려고 밀가루로 반죽하기 시작했고 이렇게 말했단다.
"늑대여, 내 오라버니여, 내가 저 불 속으로 이 빵을 제대로 놓으려면, **빵** 굽는데 쓰는 이 밀대가 필요하거든."

그 말을 급히 하고는, 그 암 여우가 그 늑대가 앉아 있던 밀대를 당겨 버렸단다. 그 바람에 늑대는 열기가 가득 찬 구멍 속으로 **빠져버렸단다.**

늑대는 그 열기에 놀라고 아파서 고함을 질렀단다.

"암 여우 누이야, 어서 물을 가져와 이 불을 끌 수 있도록 해 줘! 내 궁둥이에 바를 꿀도 갖다 줘!"

암 여우는 창문을 통해 그 모습을 구경하고, 저주를 퍼부었다.

그 나쁜 늑대는 그 불구덩이 속에서 **빠져나오지** 못하고, 그만 불에 타 죽었단다.

그렇게 그 늑대는 그 여우 새끼들을 잡아먹은 것에 대한 정당한 처벌을 받게 되었단다.

Lupo kaj vulpino

Iam la lupo kaj la vulpino estis amikoj. Foje ili kolektis hejtlignojn en la arbaro. Kolektante, la lupo ekplendis:

- Vulpino fratino, la stomako min doloras. Mi dezirus reveni hejmen.

La vulpino konsentis, sed petis:

- Se vi preterpasos mian loĝejon, vidu ĉu miaj idoj ne ploras.

Kiam la lupo atingis la pordon de la vulpina loĝejo, ĝi mildvoĉe ekparolis:

- Vulpetoj karaj, estas vi bonfaraj, jen revenas via patrino, malfermu la pordon sen timo!

La vulpidoj supozis, ke tio estas ilia patrino, sed rigardis tra la truo de la pordo kaj respondis:

- Vi ne estas nia patrino, ĉar ŝiaj manoj estis henaitaj.

La lupo vundis sian etfingron kaj per la sango ŝmiris siajn manojn. Poste ĝi proksimiĝis al la pordo kaj ekparolis:

- Vidu, miaj manoj ankaŭ estas henaitaj. Vere mi estas via patrino.

La vulpidoj ekkredis kaj malfermis la pordon.

La lupo eniris kaj formanĝis ĉiun kaptitan vulpidon. Nur kelkaj sukcesis savi sin: la unua kaŝis sin malantaŭ la balailo, la dua eniris en la horloĝon, la tria kaŝis sin malantaŭ la pordo.

Kiam la vulpino revenis hejmen, ŝi vidis ke neniu estas tie. Ŝi amare ekploris kaj veadis:

- Kie estas vi, idoj miaj? Ĉu vin devoris bestoj fiaj?

La vivaj vulpidoj eliris el siaj kaŝejoj. Ili kun larmoj rakontis al sia patrino pri la malfeliĉo. La vulpino decidis venĝi pro siaj idoj. Ŝi faris foson meze de sia loĝejo kaj en ĝi ekbruligis fajron. Kiam la foso estis plena je ardaĵo, la vulpino kovris ĝin per bakista ŝovilo. Poste ŝi invitis la lupon gaste. Kiam la lupo venis, la vulpino diris:

- Lupo, frato mia, posttagmeze mi stukis la plankon kaj ne sukcesis surmeti la matojn. Sidiĝu sur ĉi tiu bakista ŝovilo.

Poste la vulpino faris paston por maco kaj diris:

- Lupo, frato mia, mi bezonas la bakistan ŝovilon por meti la macon en la fajrujon.

Ŝi diris tion kaj tiris el sub la lupo la bakistan ŝovilon. La lupo falis en la foson plenan je ardaĵo. La lupo terurige kriaĉis pro doloro:

— Fratino vulpino, alportu akvon por ke mi estingu la ardaĵon! Donu mielon por ke mi ŝmiru mian postaĵon!

La vulpino nur rigardis tra la fenestro kaj damnis.

La fia lupo ne povis sin savi kaj forbrulis. Jen tiel la lupo ricevis sian justan punon.

5. 무척 아름다운 누이

한때, 어느 먼 나라에 날씬한 왕자 셋과 무척 아름다운 공주 하나를 둔 왕이 살고 계셨단다. 왕은 자신의 자녀를 아주 사랑하셨단다.

그런데, 그만 어느 날 왕비가 죽었단다. 왕자들과 공주는 이제 어머니 없이 살아가야 하니, 그게 왕에겐 큰 걱정이 되었단다. 밤낮으로 그는 어찌해야 할지 궁리해 보았단다.

왕이 고심하고 있는 것을 본, 그 나라의 총리는 자기 딸을 그 왕에게 시집보내고 싶었다. 그래서 그는 여러 날에 걸쳐 왕을 설득해 마침내 자신의 딸을 왕에게 시집보내는 일을 성사시켰다. 왜냐하면, 그 왕으로서도 다른 해결책이 보이지 않아 그 제안을 받아들였다.

이제 왕은 새 왕비를 맞이했다. 그 총리의 딸이 이제 세 왕자와 공주의 새어머니가 되었다.

새 왕비는 이전 왕비의 자녀들을 보자마자, 그 자녀들에게 불평을 늘어놓기 시작했다. 그 때문에 왕자들과 공주는 밤에 한 곳에 모여 앞으로 어찌해야 할지 의논하는 경우가 한두 번이 아니었단다.

그러던 어느 날, 새 왕비의 귀에 왕자들과 공주가 몰래 종종 모인 사실을 알게 되었다. 그러자 왕비는 자기 사람들에게 이렇게 말했다.

"저 아이들이 지금 그런 일을 벌이는데, 나중에 저 아이들이 크면, 또 무슨 행동을 벌일지 상상이 안 돼. 그러니 내가 요술을 부려, 저 아이들을 없애 버려야겠어."

그래서 새어머니의 요술에 걸려 버린 그 왕자들은 세 마리의 하얀 백조가 되어 어디론가 날아가 버렸단다.

그리고 동시에 공주 자신도 어느 외딴 사막에 놓여 있음을 알았다. 그녀는 뭘 어찌해야 할지, 앞으로 어디로 가야 할지 몰랐단다. 그녀는 울면서 발길이 닿은 대로 걸어가기 시작했단다.

그런데 갑자기 백조 세 마리가 나타났다. 그들은 날개를 서로 맞닿으며 공주 주위를 날아다녔다. 그런데 하루해가 지자, 마법은 풀렸다. 그 백조들이 청년의 모습을 되찾아, 공주의 형제들로 그 모습을 되찾았다. 그런 이상한 변신에 놀랐지만, 공주는 그들 모습을 보고는 행복해했다. 형제 중 하나가 이렇게 말했다.

"내일 우리는 누나를 극락 같은 딴 나라로 데려다줄게. 만일 그곳에 머무를 수 있다면, 누나는 이제 위험을 벗어날 수 있어."

다음 날 아침이 되자 다시 왕자들은 백조로 모습이 바뀌었다. 백조 세 마리는 공주를 데리고 저 멀리 이웃 나라로 날아갔다.

어느 날, 밤에 그 공주가 꿈을 꾸었는데, 누군가 그녀더러 직접 밀짚으로 뜨개질하여 웃옷을 지을 수 있으면, 그렇게 세 형제가 그 웃옷을 입을 수 있다면, 그 요술에서 풀려날 수 있다고 했다. 그런데, 그 옷을 짓는 동안에는 그녀가 한마디도 하면 안 된다고 했단다. 만일 그녀가 말을 하게 되면 왕자 셋은 모두 즉시 죽는다고 했다. 그래서 공주는 매일 자신의 형제들을 기다리며, 밀짚을 모으고 옷을 짓기 시작했다.

어느 날, 세 왕자와 공주가 사는 지방이 속해 있는 나라의 왕자가 그 지방을 말을 타며 지나가다가 그 공주를 발견했다. 공주의 아름다움에 반한 그는 무슨 말을 건네야 할지 어찌할 바를 몰랐다. 그래서 그는 자신의 하인들에게 명령을 내려, 그 공주를 자신의 궁전으로 모시라고 했다.

그러나 궁전으로 들어온 공주는 모든 질문에 그저 묵묵부답이었다. 그 공주는 오로지 조용히 옷을 짓는 일에만 열중하고는, 눈길로만 자신의 불행을 설명하려고 애썼단다. 왕자는 자신의 하인들에게 결혼식 준비를 하라고 명령을 내렸다. 그래도 공주는 그 점에 대해선 무관심한 채, 아무 말조차 하지 않고 오로지 자신의 형제들에게 줄 밀짚 옷을 만들기 위해 뜨개질에만 열중했다. 왕자의 하인들이 이를 보고는 왕자에게 말했다.

"저 처녀는 마법을 부리는 여자인 게 분명합니다."

왕자는 처음에는 슬픔에 잠겼지만, 그도 그 말을 믿게 되었다. 그래서 궁전에서는 그 공주를 이미 준비시켜 둔 사형수에게 데려갔다.

공주의 삶은 이제 마지막 몇 분간만 남아 있을 뿐이다.

사람들은 공주에게 마지막으로 소원이 있느냐고 물었단다. 그래도 공주는 아무 말도 하지 않은 채, 더욱 열심히 옷을 뜨개질하는 일만 계속했다. 사형집행인이 공주의 머리를 사형대에 놓을 때도 그녀는 옷을 뜨개질하는 일을 멈추지 않았단다.

바로 그 순간, 그 공주의 머리 위로 백조 세 마리가 소리를 지르며 날아왔다. 모두는 저것이 그 공주의 마법이라고 생각했다.

사형 집행관이 이제 자신의 도끼를 들었을 때, 공주는 자신의 옷 짓는 일을 끝마쳤고, 그 옷들을 날고 있는 백조들에게 던지는 데 성공했다. 그들은 곧 아름다운 젊은이로 변했다.

그 형제자매는 얼싸안고, 사형집행인은 깜짝 놀라 자신의 도끼를 내리는 것을 미처 잊고 있었다. 몇 명의 군인은 곧 그 기적을 그 나라 왕자에게 알려 주면서 이렇게 말했다.

"우리 주인이신 왕자님, 왕자님은 이제 행복을 누릴 수 있게 되었습니다. 그 아가씨가 방금 말을 시작했습니다."

왕자는 곧 그 아가씨에게 왔다.

그제야 공주는 그동안의 모든 일을 그 왕자에게 말해 주었다. 다시 결혼식 준비가 시작되고, 그 준비는 나흘간 계속되었다. 그 왕자나 그 왕자의 아내가 된 공주는 자신의 결혼에 대해 행복해했단다.

결혼식이 끝난 뒤 그들은 자신의 세 형제와 함께 그 왕자비의 아버지가 사는 나라의 궁전을 방문했다.

이제 그 형제들은 아버지에게 자신들이 사라지게 된 연유를 알려 드렸다.

그 왕은 나쁜 새어머니를 정당하게 처벌했다.

그리고 그 젊은 신혼부부와 그 온 가정은 오래 행복하게 살았단다.

La belega fratino

Vivis iam en fora lando reĝo, kiu havis tri junajn sveltajn filojn kaj belegan filinon. Li tre amis siajn gefilojn.

Iun tagon forpasis la reĝino. La infanoj restis sen patrino kaj tio ĝenis la reĝon. Tage kaj nokte li pensis kion fari.

Vidinte tion, la veziro decidis proponi al la reĝo sian filinon kiel edzinon. Dum pluraj tagoj li klopodos konvinki la reĝon kaj fine li sukcesis. Ĉar ne vidis alian solvon, la reĝo akceptis la proponon.

Oni venigis la novan reĝinon. La filino de la veziro fariĝis adopta patrino de la reĝidoj.

Apenaŭ veninte, ŝi komencis turmenti la infanojn. Tial ili kolektiĝis kelkfoje nokte, por decidi kion fari.

Iun tagon oni sciigis la reĝinon pri la sekretaj kunvenoj. Ŝi diris al siaj kunuloj:

– Se ili nun tion faras, neimageble kion ili faros estonte. Pro tio mi devas sorĉi kaj forigi ilin.

Sorĉitaj de la adopta patrino, la princoj fariĝis tri blankaj cignoj kaj forflugis. En la sama momento la princino sin trovis en fora dezerta loko. Ŝi ne sciis kion fari kaj kien iri. Plorante ŝi ekpaŝis ien ajn.

Subite aperis tri cignoj. Flugil-al-flugile ili flugis ĉirkaŭ ŝi. Post sunsubiro, kiam ĉesis la sorĉo, la cignoj fariĝis junuloj, ŝiaj fratoj. Kvankam mirigita pro la stranga transformiĝo, la junulino estis feliĉa vidi ilin. Iu el la fratoj diris:

- Morgaŭ ni fluge forportos vin en lokon similan al paradizo. Se vi troviĝos tie, vi estos ekster iu ajn danĝero.

La sekvan tagon, la tri cignoj forportis la princinon.

Nokte la junulino sonĝis, ke se ŝi sukcesos triki ĉemizojn el agropiro kaj la fratoj ilin vestos, la sorĉo plu ne efikos. Sed ĝis la fino de la trikado ŝi ne devas paroli. Se ŝi ekparolos, ĉiuj tri fratoj tuj mortos. Ĉiutage atendante siajn fratojn ŝi kolektadis agropirojn kaj trikadis la ĉemizojn.

Iun tagon la princo de tiu lando, rajdante en la ĉirkaŭaĵo, rimarkis la junulinon. Vidante ŝian belecon, li eĉ vorton ne povis eldiri. Li ordonis al siaj servistoj venigi ŝin al la palaco.

Tie al ĉiuj demandoj ŝi nenion respondis. Ŝi nur silente trikis kaj provis per rigardoj klarigi sian malfeliĉon. La princo ordonis, ke oni komencu preparojn por nupta festo. La junulino tamen pri tio ne interesiĝis, ŝi eĉ vorton ne diris, nur trikis el agropiro la ĉemizojn por siaj fratoj. La servistoj de la princo, kiuj vidis tion, diris al li:

- Tiu junulino certe estas sorĉistino.

La princo unue tristis, sed fine li ankaŭ ekkredis tion. Oni kondukis la junulinon al la ekzekutisto, kiu jam finis la preparojn.

Estis la lastaj minutoj de ŝia vivo. Oni demandis la junulinon pri la lasta deziro. Ankaŭ nun ŝi neniun vorton eldiris, sed intense daŭrigis la trikadon. Eĉ kiam la ekzekutisto metis ŝian kapon sur la eŝafodon, ŝi ne ĉesis triki.

En tiu momento super ŝi aperis tri cignoj, kiuj flugis kaj kriis. Ĉiuj supozis, ke tio estas sorĉo de la junulino.

Kiam la ekzekutisto levis sian hakilon, ŝi fintrikis la ĉemizojn kaj sukcesis ĵeti ilin sur la cignojn.

Ili tuj fariĝis belaj junuloj.

La gefratoj sin ĉirkaŭbrakis, kaj la ekzekutisto pro miro eĉ forgesis mallevi sian hakilon. Kelkaj soldatoj tuj sciigis la princon pri la miraklo dirante:

- Estu feliĉa, princo nia. La junulino ĵus ekparolis.

La princo revenis al la junulino. Ŝi rakontis al li ĉion. Denove komenciĝis la preparoj por la nupta festo, kiu daŭris kvardek tagojn.

Ambaŭ, la princo kaj la princino, estis feliĉaj pro sia geedziĝo.

Post la festo ili kun la fratoj vizitis la palacon de la patro de la princino.

La fratoj rakontis al la patro la veron pri sia malapero. La reĝo juste punis la fian adoptan patrinon.

La juna geedza paro kaj la tuta familio vivis longe.

6. 꼬맹이

옛날 어느 먼 왕국에 한 부부가 살고 있었단다. 그들에게는 아직 자녀가 없었단다. 한번은 어느 현인이 그들을 만나 그들에게 자녀를 얻을 방법을 알려 주었단다.

"40일 동안 두 사람은 표주박을 하나 구해, 그 안에 구멍을 내어 방귀를 뀌어 보게. 그리곤 그 구멍을 메꿔, 그 표주박을 화로에 걸어 두게. 그리고 또 40일을 보낸 뒤, 그 표주박을 열어 보게."

그렇게 정한 시간이 지난 뒤 부부가 그 표주박을 열어 보니, 그 안에서는 수많은 꼬맹이 아이들이 들어 있었다. 그들은 곧 이렇게 말했다.

"엄마, 아빠, 우린 배고파요. 우린 배가 고파요!"

그러자 어머니는 큰 솥에 국수를 준비했다. 꼬맹이들은 그 어머니가 준비한 국수를 먹어치웠지만, 그것으로 만족하지 못했다. 이제 어머니는 **크레이프 빵**을 많이도 구워냈다. 이번에도 그 꼬맹이들은 이를 먹어 치웠지만, 다시 이에 만족하지 못했다. 어머니는 이제 할바 라는 두부 음식을 만들어도 그 꼬맹이들의 배고픔을 채우지 못했다. 그러자 어머니는 그 모습을 보고는 남편에게 말했다.

"여보, 난 이제 저 아이들을 먹일 방법이 없어요."

그 말을 듣고 슬픔에 잠긴 남편은 꼬맹이들에게 이렇게 말했다.

"우리가 이제 너희를 배불리 먹일 수가 없구나. 모두 스스로 넓은 세상으로 가서 행운을 찾아보려무나."

그러자 그 꼬맹이들은 뿔뿔이 헤어졌다. 그런데 한 명만 집 인근 밭의 배춧잎 속에 숨어 있었다.

아이들이 모두 집을 떠나자 부모는 자식 중 한 명도 자신들의 곁에 남아 있지 않음을 알고는 슬픔에 잠겼다.

저녁에 안주인은 배춧잎을 따서 암컷 물소 먹이로 주었다. 그 물소는 꼬맹이가 숨어 있던 배춧잎을 삼켰다. 안주인이 그 물소의 젖을 짤 때, 물소 배 속에 들어 있던 꼬맹이가 그 배 속에서 이렇게 소리쳤다.

"엄마, 제가 먹을 젖은 남겨 두세요!"

안주인은 외양간에서 돌아와, 남편에게 알렸다.

"여보, 우리 암물소 배에서 이상한 소리가 나는 것을 들었어요."

그리고는 아내는 외양간에서 듣게 된 그 목소리를 이야기해 주었다.

다음날, 그 남편이 그 암컷 물소를 잡아 배를 갈랐다.

그러나, 그 물소 배 안에는 아무것도 없었다.

그 부부는 물소 위장은 살펴보지도 않고, 그 위장을 이웃의 가난한 노파에게 드렸다. 노파는 그 위장을 선물로 받자, 이를 씻으려고 우물가로 들고 갔다. 그러나 노파는 칼을 갖고 오는 것을 잊고 다시 집으로 갔다.

그 사이, 배고픈 늑대가 다가와, 그 위장을 먹어버렸다. 며칠이 지나자, 늑대는 배가 고팠다. 늑대는 양을 훔치러 양을 기르는 목장으로 갔으나, 위장 속에 있던 꼬맹이가 소리쳤다.

"목동님들, 어서 일어나세요! 늑대가 당신네 양들을 다 훔쳐 갑니다!"

목동들이 깜짝 놀라 일어나, 그 늑대를 몰아냈다. 그래서 늑대는 며칠간 아무것도 훔쳐 먹을 것을 찾지 못했다. 왜냐하면, 그 배 속에 있던 꼬맹이가 늘 사람들에게 위험을 먼저 알려주었기 때문이었다.

늑대는 자신의 친구 늑대에게 말했다.

"내 안에 뭔가 있어. 내가 뭔가 훔치려 할 때마다, 이 녀석이 사람들에게 알린단 말이야. 그 때문에 나는 지금도 굶주려 죽을 지경이야."

다른 늑대가 그 친구에게 말했다.

"우선 모래를 충분히 먹어. 그리고 물을 마셔. 그러면 네 속에 있는 뭔가가 죽게 될 거야."

늑대는 그렇게 했다.

나중에 늑대는 높은 곳에 올라가, 그렇게 먹어 둔 무거운 모래를 먹은 채로 자신을 굴렀다. 그랬더니 그 늑대 위장이 터져 버렸단다.

이제 그 꼬맹이는 그 늑대에게서 빠져나올 수 있었단다.

그는 자신의 부모가 사는 집으로 돌아왔고, 그들 모두는 만족하며 행복하게 살았단다.

La etulo

En fora regno vivis iam geedzoj.

Ili ne povis ekhavi infanojn.

Foje saĝulo konsilis ilin:

– Kvardek tagojn vi ambaŭ furzu en truhavan kalabason. Poste fermu la truon kaj kroĉu la kalabason super la fajrujo. Post ankoraŭ kvardek tagoj vi malfermu ĝin.

Kiam en la difinita tempo la geedzoj malfermis la kalabason, el ĝi eliris multaj etaj geknaboj.

Ili tuj ekparolis:

– Panjo, paĉjo, ni estas malsataj, ni estas malsataj!

La patrino kuiris grandan poton da nudeloj. La etuloj formanĝis ĉion, sed ne satiĝis.

La patrino nun bakis multajn krespojn.

Ankaŭ ilin la etuloj formanĝis, sed denove ne satiĝis.

La patrino ĉi-foje kuiris halvaon, kaj la infanoj ankaŭ nun ne satiĝis.

La virino vidis tion kaj diris al sia edzo:

– Kara mia, mi ne povas nutri la infanojn.

La edzo, ĉagrenita, diris al la infanoj:

– Ni ne povas nutri vin. Ĉiu mem serĉu sian

bonŝancon en la vasta mondo.

La infanoj disiris.

Nur unu kaŝis sin inter la folioj de brasiko en la apuda ĝardeno.

Post la disiro de la infanoj, la gepatroj bedaŭris, ke almenaŭ unu ne restis ĉe ili. Vespere la dommastrino kolektis brasikajn foliojn kaj donis ilin al la bubalino por manĝi. Tiu englutis la knabeton, kaŝitan inter la folioj. Kiam la virino melkis la bubalon, la knabeto kriis el la interno:

– Panjo, lasu lakton ankaŭ por mi!

La virino revenis el la stalo kaj diris al sia edzo:

– Kara mia, estas io en nia bubalino.

Kaj ŝi rakontis pri la voĉo aŭdita ĉe la stalo.

La sekvan tagon la viro buĉis la bubalinon, sed nenion trovis en ĝi.

La geedzoj donis ties stomakon al malriĉa maljunulino, sen traserĉi ĝin.

Tiu prenis kaj forportis ĝin al la fonto por ĝin lavi.

Sed ŝi forgesis preni tranĉilon kaj revenis hejmen.

Tiutempe venis malsata lupo kaj formanĝis la stomakon.

Pasis kelkaj tagoj kaj la lupo malsatiĝis.

Ĝi iris en ŝafbredejon por ŝteli ŝafon, sed la knabo ene de ĝi kriis:

- Vekiĝu, paŝtistoj! La lupo ŝtelas ŝafojn!

La paŝtistoj forpelis la lupon.

Dum multaj tagoj la lupo ne povis ŝteli ion por manĝi, ĉar la knabo en ĝi ĉiam avertis la homojn.

La lupo diris al sia amiko:

- En mi estas io. Kiam mi iras por ŝteli, tio ĉi avertas la homojn. Pro tio nun mi malsategas.

La alia lupo rekomendis al sia amiko:

- Manĝu sablon, trinku akvon kaj tio en vi mortos.

La lupo tiel faris.

Poste, irante sur altaĵo, ĝi ekruliĝis malsupren pro la peza sablo kaj ĝia stomako kreviĝis.

La knabeto eliris el la lupo.

Li revenis al siaj gepatroj kaj ili ĉiuj estis kontentaj kaj feliĉaj.

7. 농부의 딸

한때 가난한 부부가 살았단다. 그들에겐 아들과 딸이 있었단다. 남편은 매일 매일의 양식을 위해 열심히 일했단다.

어느 날, 남편이 땅을 파다가, 땅속에서 금화가 가득 찬 항아리 하나를 발견했단다. 그러자 그 남자는 전지전능한 알라신께 고마움을 표시하러 자신의 아내와 아들을 데리고 순례를 떠날 결심을 했단다. 그래서 그는 그 마을에서 믿음직한 남자인 **이난 베이**에게 자신들이 없는 동안에 자신들의 딸을 잘 돌봐 달라고 부탁하고는 순례를 떠났단다.

그로부터 시간이 충분히 흘러, 이난 베이는 다 큰 처녀가 된 그 딸에게 말했다.

"네가 나의 아내가 되어 주었으면 해."

그 아가씨는, 그 말을 듣고서 깜짝 놀랐지만, 이렇게 대답했다.

"제가 동의할 예정입니다만, 혼례를 치르기에 앞서, 제가 아저씨의 머리와 수염을 감겨 드리고 싶어요."

그 처녀는 이난 베이의 머리에 비누를 가득 칠해 놓고는 그 집을 몰래 **빠져나왔다.** 그녀는 자신이 이전에 살던 집으로 돌아와, 대문을 걸어 잠그고 아무도 못 들어오게 했다.

이난 베이는 그 처녀 아버지에게 그 처녀가 집을 나가, 달아나서 정숙하지 못한 채 살아간다고 거짓으로 편지를 써 보냈다.

그 편지를 받은 아버지는 자신의 아들을 보내면서 아들에게 명령을 내렸다.

"우리 마을로 돌아가서 그 정숙하지 못한 누이를 죽여라. 그래서 그 누이 피가 묻은 옷을 증거로 들고 오너라!"

아들인 그 청년이 이전에 살던 마을에 다다랐을 때는 날이 어두웠다. 그는 부모와 함께 살던 옛집의 대문을 두드렸다. 그러자 안에서 누이의 목소리가 들려 왔다.

"난 아무에게도 문을 열어 주지 않아요. 만일 당신이 억지로 이 문을 열고 안으로 들어오면, 나는 활을 쏴, 당신을 죽이겠어요."

청년은 자신이 누이의 오라버니라 말을 해도, 누이는 아침이 되기까지 그 청년이 집에 들어오는 것을 허락하지 않았다.

다음 날, 해가 뜨고 난 뒤, 누이는 자신의 오빠를 알아보고는, 자기 집 대문의 빗장을 풀어 오빠를 들어오게 하고는 지금까지 있었던 모든 일을 오빠에게 말해 주었다.

오빠도 아버지가 자신에게 무슨 명령을 내렸는지 이야기해 주었다. 그때 그 누이가 말했다.

"오빠가 아빠에게 이 모든 사실을 다 말해 주어도 아빠는 오빠 말을 믿지 않으실 거야. 그러니 오빠는 제 새끼손가락에 피를 내어 그 피를 제 옷에 묻히세요."

그들은 숲에 가서, 그렇게 했다.

나중에 청년은 아버지에게로 다시 출발했다.

벌써 저녁이 되었다.

그 처녀는 들짐승이 무서워 우물 옆에 자라고 있던 나무 위로 올라갔다. 다음 날, 아침 우물가로 말을 탄 어떤 사람이 다가와, 자신의 말에게 물을 먹이려고 했다.

그는 어느 부잣집 아들이었다.

말이 물을 마시려다, 물에 비친 그 처녀의 그림자를 보고는 겁을 집어먹고는, 물을 도무지 마시려고 하지 않았다.

그러자 상황을 파악한 그 청년은 아름다운 처녀를 발견하자, 그녀에게 사랑의 감정이 생겼고 이렇게 말했다.

"내려오세요, 아가씨, 제 말에 물을 먹일 수 있게 해 주세요."

하지만 그녀는 원하지 않았다. 청년은 처녀가 올라가 있는 나무를 자르려고 벌목꾼을 40명이나 데려왔다. 그들은 도끼를 들고 있었다.

곧 그 나무에 도끼질이 시작되었으나, 처녀는 그 도끼들을 바라보고는 이렇게 말했다:

"여러분이 가진 모든 도끼가 깨지고, 모든 나무 조각들이 다시 이 나무에 붙게 될걸요!"

그러자 그녀가 말한 대로 되어 버렸다.

그러자 낭패를 본 청년은 외쳤다.

"만일 누가 저 위에 있는 처녀를 내려오게 한다면, 내가 그 사람에게 상금을 주겠다."

마침 그때 늙은 과부이자 요술을 부리는 이가 나타나 말했다.

"내가 당신의 염원을 풀어 주겠소. 하지만 그렇게 하려면 우선 삼발이와 가마솥과 더럽혀진 의복이 담긴 상자 하나를 마련해 주세요."

사람들이 그 과부가 요청하는 것을 모두 갖다 주었다. 과부는 삼발이 아래서 불을 지피고, 그 삼발이 위에 가마솥을 거꾸로 걸었다. 나중에 과부는 가마솥에 물을 부어, 마치 가마솥에 물을 가득 채울 의도인 것처럼 보였다. 하지만 그 모습을 위에서 내려다보고 있던 그 처녀가 과부에게 조언했다.

"할머니, 그렇게 하지 마세요. 그 가마솥을 뒤집어 바로 거세요. 그 뒤에 물을 부으세요!"

하지만 노파는 귀가 먹은 듯이 그렇게 행동하며 말했다.

"얘야, 난 아무것도 보고 들을 줄 몰라. 나를 도와주려면 내려와서 도와줘!"

그래서 처녀는 그 노파를 불쌍하게 여겨, 아래로 내려와, 가마솥을 제대로 걸어 주었다.

노파는 처녀더러 옆에 놓인 상자 안에 있는 옷을 좀 가져와 달라고 했다. 처녀가 그 옷들을 꺼내려고 상자에 몸을 숙이자, 바로 그때 노파는 그녀를 그 상자 안으로 밀쳐 넘어뜨리고는 그 상자 출입구를 닫아 버렸다.

그 뒤, 시간이 어느 정도 흘렀다.

처녀는 부자인 청년이 아내가 되어 달라는 제안을 받아들였다.

또 시간이 어느 정도 흘렀단다.

그들에게 아이들이 태어났지만, 그 처녀는 이제 아무 말도 하지 않고, 말문을 닫아 버렸단다.

그런데 어느 날, 남편이 사냥에서 돌아왔을 때, 아내가 노래도 하며, 울먹이는 소리를 듣게 되었다:

"불쌍한 내 딸아, 네겐 할아버지가 계셔도 멀리 계시고, 할머니가 계셔도 멀리 계시는구나."

남편이 방안으로 들어오자, 아내는 그에게 지금까지 있었던 모든 이야기를 해 주었다.

아침에 남편은 자신의 흑인 하인에게 명령을 내렸다.

"마차로 마님과 이 아이들을 태워 큰 숲을 지나, 저 먼 마을로 모시고 가거라. 나도 그곳으로 갈 것이지만, 사냥하며 갈 테니, 우리가 그 마을 옆에서 만나세."

그러나 하인은 그 마님 일행을 주인이 시킨 길이 아닌 다른 길로 마차에 태워 데리고 갔다. 그들이 숲에서 가장 나무가 울창한 곳에 도착하자, 그는 자신의 안주인에게 말했다.

"이제 당신은 내 아내가 되어야 해."

그러자 안주인은 동의하는 체하면서, 자신이 그 하인에게 세수하러 가까운 강가로 갔다 와도 되는지 물었다. 하지만, 그 하인은 긴 끈을 그 안주인 팔에 연결해 놓는다는 조건으로 동의했다.

강으로 간 그녀는 자신의 팔에 연결된 끈을 풀어 나무에 묶고는 달아나 버렸다.

그 못된 하인이 나중에 그 사실을 알고는, 주인의 아이들을 죽여, 그곳에 그들 무덤을 만들어 두었다.

그 뒤 그 하인은 집으로 돌아와, 그 주인에게 이렇게 말했다.

"마님이 자신이 이전에 살던 곳으로 달아나 버렸습니다."

그 안주인인 여자는 자신이 도망쳐 나온 뒤, 걷고 또 걷고 걸어, 어느 마을에 도착했다. 그곳에서 그녀는 양가죽을 이용해 대머리 남자처럼 변장하였다. 그리곤 그는 자신의 부모가 살던 마을로 가서, 그곳에서 자기 아버지 하인으로 일하게 되었다.

그녀는, 일을 거들면서, 자기 오빠와 올캐에게 자신의 모든 처지를 말해 두었다.

채용 기간이 끝났을 때, 그녀는 일한 품삯을 받는 대신에 수컷 양 한 마리를 달라고 했다.

그리곤 그녀는 잔치를 벌여, 부모, 오빠, 이난 베이와 자신의 남편과 자신에게 못된 일을 저지른 하인을 초대했다. 그 사람들이 모였을 때, 그 집의 모든 문을 누군가 걸어 잠갔다.

나중에 대머리 하인이 어느 주인의 딸이 살아온 쓸쓸한 인생을 이야기하고 난 뒤, 자신의 마스크를 벗었다.

사람들은 이난 베이에게, 또 그 흑인 하인에게 자신들이 저지른 벌의 대가로 어떤 처벌을 받고 싶은지 ─칼로 죽임을 당하는 방법을 택할지, 아니면 말에 끌려 죽임을 당할지 선택하라고 ─물었다. 그들은 말에 끌려가며 죽기를 원했다.

사람들이 그들을 젊고 길들이지 않은 말의 꼬리에 묶어, 그들이 죽을 때까지 말들이 사방으로 그들을 끌고 다니게 했다.

나중에 그 젊은 여자는 자신의 남편, 부모님, 또 수많은 마을 사람들과 함께 그 아이들이 묻힌 무덤으로 갔다.

모두가 전지전능한 알라신을 위해 기도를 했다.

바로 그 순간 기적이 일어났단다.

기적적으로 그 아이들이 다시 살아났단다.

그렇게 하여 온 가족이 이제 다시 모였고, 이제 그들은 아주 행복하게 살게 되었단다.

La filino de la kamparano

Vivis iam malriĉaj geedzoj. Ili havis filon kaj filinon. La edzo pene perlaboris la ĉiutagan panon.

Foje, fosante, li trovis poton, plenan je oraj moneroj.

Por danki la ĉiopovan Alahon, la viro decidis pilgrimi kun sia edzino kaj la filo.

Li petis Inan Bej-on, fidindan viron en la vilaĝo, prizorgi lian filinon dum la foresto.

Pasis certa tempo kaj Inan Bej diris al la junulino:

– Mi deziras, ke vi estu mia edzino.

Tio terurigis la junulinon, sed ŝi respondis:

– Mi konsentos, sed antaŭ la nupta ceremonio mi dezirus lavi viajn kapon kaj barbon,

La junulino bone sapumis la kapon de Inan Bej kaj forkuris de tie.

Ŝi eniris la domon de sia patro, ŝlosis la pordon kaj al neniu permesis eniri.

Inan Bej skribis leteron al la patro de la junulino, misinformante lin, ke ŝi forkuris kaj vivas malĉaste.

Ricevinte la leteron, la patro sendis sian filon

hejmen kaj ordonis:

- Revenu en la vilaĝon kaj mortigu vian malĉastan fratinon. Alportu al mi ŝian sangmakulitan ĉemizon!

La junulo atingis sian vilaĝon.

Estis jam malhele, kiam li ekfrapis sur la pordo de la gepatra domo.

El tie venis la voĉo de la fratino: - Mi al neniu malŝlosas la pordon. Se vi provos perforte eniri, mi vin tuj pafmortigos.

Malgraŭ la vortoj de la junulo, ke li estas ŝia frato, la junulino ne permesis al li eniri ĝis la mateno.

Post la apero de la suno ŝi vidis sian fraton, malŝlosis la pordon kaj rakontis al li pri ĉio. La frato sciigis ŝin pri la volo de ilia patro. Tiam la junulino diris:

- Paĉjo ne kredos vin, se vi tion al li rakontos. Pro tio vi tranĉvundu mian etfingron kaj sangmakulu mian ĉemizon.

Ili iris en la arbaron kaj tion faris. Poste la junulo revenis al la patro.

Jam vesperiĝis kaj, timante sovaĝajn bestojn, la junulino grimpis sur arbon, kiu kreskis apud fonto.

La sekvan tagon, matene, al la fonto

proksimiĝis rajdanto, deziranta trinkigi sian ĉevalon.

Li estis filo de riĉulo. La ĉevalo ektimis la ombron de la junulino kaj ne trinkis la akvon. La junulo, vidinte la belan junulinon, enamiĝis al ŝi kaj diris:

- Malgrimpu, junulino, por ke mi povu trinkigi mian ĉevalon.

Tamen ŝi ne volis.

La junulo sendis kvardek hakistojn, por ke ili forhaku la arbon. Tiuj komencis haki, sed la junulino rigardis al la hakiloj kaj diris:

- Ĉiuj hakiloj rompiĝu, ĉiuj ligneroj denove gluiĝu al la arbo!

Kiel ŝi diris, tiel okazis. Post la malsukceso la junulo anoncis:

-Se iu povos iel sobigi la junulinon, tiu ricevos premion.

Venis vidvino-sorĉistino kaj diris:

- Mi povos plenumi vian deziron. Sed mi bezonas ke antaŭ la arbo estu tripiedo, kaldrono kaj kesto kun malpuraj vestoj.

Oni plenumis ŝian postulon.

La vidvino bruligis fajron sub la tripiedo kaj sur tiun metis inverse la kaldronon.

Poste ŝi verŝis akvon sur la kaldronon,

kvazaŭ ŝi dezirus ĝin plenigi. Tion vidinte, la junulino ŝin konsilis:

- Ne tiel, avino! Turnu la kaldronon kaj tiam enverŝu la akvon!

La maljunulino ŝajnigis sin surda kaj diris:

- Mi nenion aŭdas kaj ne bone vidas, filino mia. Venu por helpi min!

La junulino ŝin kompatis, sobiris kaj turnis la kaldronon.

La vidvino petis ŝin doni vestojn el la kesto. Kiam la junulino kliniĝis por ilin preni, la maljuna virino puŝe faligis ŝin en la keston kaj fermis ĝin.

Post certa tempo la junulino akceptis la proponon de la riĉa junulo estiĝi lia edzino. Pasis jaroj, ili ekhavis infanojn, sed ŝi neniam parolis.

Foje, kiam la edzo revenis de ĉasado, li aŭdis sian edzinon kanti kaj larmi:

- Karulino etulino, avon vi havas, sed li estas for, avinon vi havas, sed ŝi estas for.

La edzo eniris la ĉambron kaj ŝi rakontis al li pri ĉio.

Matene la edzo ordonis al sia nigra servisto:

- Veturigu la mastrinon kaj la infanojn en la foran vilaĝon trans la granda arbaro. Mi iros tien ĉasante kaj ni renkontiĝos apud la vilaĝo.

Sed la servisto veturigis ilin laŭ alia vojo.

Kiam ili atingis la plej densan parton de la arbaro, li diris al la virino:

- Vi devas fariĝi mia edzino.

La virino kvazaŭ konsentus, kaj ŝi petis lian permeson iri al la proksima rivero por lavi sian vizaĝon.

Li konsentis, kondiĉe ke li ligos ŝian brakon per longa ŝnuro.

Veninte al la rivero, ŝi nodis la ŝnuron al arbo kaj forkuris.

Kiam la fia servisto konstatis tion, li murdis la infanojn kaj entombigis ilin tie.

Reveninte al la mastro, li trompis tiun kaj diris:

- De kie ŝi venis, tien foriris.

Post sia forkuro la virino marŝis, marŝadis kaj atingis iun vilaĝon.

Tie, el ŝafa felo ŝi faris por si viran maskon, kun kalva verto.

Poste ŝi iris en la vilaĝon de siaj gepatroj kaj dungiĝis kiel servisto ĉe sia patro.

Dum la servado ŝi malkaŝis al la frato kaj bofratino sian sekreton.

Kiam finiĝis la dungoperiodo, anstataŭ pagon

ŝi petis virŝafon.

Ŝi anoncis festenon kaj invitis siajn gepatrojn, la fraton, Inan Bejon, sian edzon kaj lian fian serviston.

Kiam la homoj kolektiĝis, oni ŝlosis ĉiujn pordojn.

Poste la kalva servisto rakontis pri la amara vivo de la filino de la mastro kaj fine senmaskigis sin.

Oni demandis al Inan Bej kaj al la nigra servisto kian punon ili deziras – ĉu ekzekuton per glavo aŭ ĉevalumon.

Ili elektis ĉevalumon.

Oni ligis ilin al la vostoj de junaj nebriditaj ĉevaloj kaj tiuj trenis la virojn ĝis ili mortis.

Poste la juna virino kun sia edzo, gepatroj kaj multaj vilaĝanoj iris al la tomboj de la infanoj.

Ĉiuj preĝis al la ĉiopova Alaho.

Okazis miraklo kaj la infanoj reviviĝis.

La tuta familio kolektiĝis kaj vivis bonege kaj feliĉe.

8. 젊을 때의 불행

옛날에 아주 부자인 한 남자가 살고 있었단다. 그 남자 이름은 **하산 베이**였단다. 그는 자신의 재산이 얼마나 많은지 모를 정도로 그만큼 부유했단다. 그 부자에겐 쌍둥이 아들이 있었는데, 그 쌍둥이 이름은 **두르구트**와 **우르구트**였단다.

어느 날 밤에, 하산 베이는 잠을 자다 꿈을 꾸었단다.

꿈에 흰 수염을 길게 늘어뜨린 한 노인을 만났는데, 그 노인이 그에게 이렇게 물었다:

"하산 베이, 자네에게 불행이 닥칠 거네. 그런데 그 불행을 자네는 언제 맞았으면 하나? 젊을 때인가, 아니면 늙어서가 좋은가?"

그 물음에 그 부자는 대답하지 못했다. 아침에도, 또 온종일에도 그 이상한 꿈이 그의 생각에서 떠나지 않았다.

다음날 밤에도 꿈속에 그 이상한 백발의 수염을 늘어뜨린 노인이 나타나 그에게 다시 묻는 것이 아닌가.

"하산 베이, 자네에게 불행이 닥쳐올 거네. 그런데 그 불행을 자네는 언제 맞이하길 더 원하는가? 젊을 때인가, 아니면 늙어서가 좋은가?"

그 바람에 그 부자는 즉시 잠에서 깨어나, 계속 잠을 잘 수 없었다.

다음 날 이른 아침에 하산 베이는 자신의 집에서 나와서 해가 질 때까지 목적지를 정하지 않은 채 말을 타고 다니면서 그 노인이 던진 질문을 곰곰이 생각해 보았단다.

하산 베이가 자신의 논밭을 말 타고 둘러보고 저녁 늦게야 집에 돌아오니, 그 주인을 만나 뵈러 자신의 수많은 일꾼이 인사하러 나왔다.

그러나 골똘히 여전히 생각에 잠긴 그 부자는 아마 이 사람들이 구걸하는 거지일 것으로 추측하고, 그들에게 자신의 지갑에 든 돈을 꺼내 그들에게 나누어 주었다.

하산 베이 자신은 그 노인에게 어떻게 대답할까 여전히 고민에 고민을 거듭하고 있었다.

불행이 그에게 닥쳐온다면 젊을 때일까, 아니면 늙어서일까?

"내가 만일 늙을 때를 선택하면, 아마 필시 나는 끝까지 살아남을 힘을 잃어버릴 수 있어. 그러니 내가 젊었을 때를 선택하자. 그러면, 내가 그 불행을 딛고 일어설 가망이 있어."

사흘째 되던 날, 밤에 그가 다시 꿈을 꾸자, 그 노인이 다시 나타나, 똑같은 질문을 하였다.

그때 그 부자는 대답했다.

"그 불행은 제가 젊었을 때 닥쳤으면 합니다."

다음 날 아침, 하산 베이가 자신이 고용한 농부들을 점검하러 말을 타고 나갔다.

정오에, 그 부자는 기도하러 이슬람교 교당에 들렀다.

그때 그의 하인이 다가와, 그 부자가 소유하고 있던 농장집과 다른 재산이 그만 화재로 다 타버렸다고 알려 왔다. 기도하려던 그 남자는 자신을 조금도 움직이지 않은 채, 이렇게 말하기만 하였다.

"만일 그것이 전지전능한 알라의 뜻이라면, 나는 이에 맞설 필요가 없지."

더구나, 그 사이, 사람들이 그의 나머지 재산마저 훔쳐 가버렸다. 하산 베이에게 이제 남은 것이라곤 자신의 아내와 두 명의 쌍둥이 아들뿐이었다.

그들은 함께 세상에 나가, 좋은 기회를 찾으러 길을 떠났다.

그들은 어느 마을에 도착하였고, 그 마을 옆에 자신들이 지낼 움막을 하나 지었다. 이미 가난해진 그 남자는 그 마을의 목동으로 일하게 되고, 그의 아내는 생계를 해결하기 위해 여행자들의 빨래를 해 주었다.

한번은 그 나라의 귀족 한 사람이 그 마을을 지나가다, 목동인 하산 베이의 아내가 마음에 들었다. 그래서 그는 여행자 차림으로 옷을 바꾸어 입고는 자신이 가진 옷을 빨아 달라며 그 아내에게 맡겼다.

그런데 나중에, 그 귀족은 자신이 맡긴 빨랫감을 찾으러 와, 자신의 마른 옷으로 그 여인을 묶어, 그 여인을 훔쳐 가 버렸다.

갑자기 어머니 행방을 모르게 된 두 아들은 울음을 터뜨렸다.

남편은 저녁이 되어 자신의 움막으로 돌아와 보니, 자신의 아내를 어떤 사람이 훔쳐 달아났다는 사실을 알게 되었다. 불쌍한 남자는 이렇게 말할 수밖에 없었다.

"만일 그것이 전지전능한 알라신의 뜻이라면 나는 이에 맞설 필요가 없지."

다음 날 아침이 되자, 하산 베이는 자신의 두 어린 자식과 함께 세상으로 길을 떠났다.

그들은 어느 강가에 다다랐는데, 셋이 함께 이 강을 쉽사리 건널 수 없었다. 그래서 아버지는 아들 중 하나를 이쪽 강가에 남겨 두었다. 그리고는 그는 다른 한 아이를 자신의 어깨에 태워 그 강을 건너가기 시작했다. 그런데, 그가 강의 한가운데를 지나다가 그만 발을 헛디뎌 미끄러지는 바람에 넘어졌다. 그 때문에 그의 어깨 위에 있던 아이가 강물에 휩쓸려 가버렸다.

어쩔 줄 몰라 하면서도 그 남자는 이쪽 강가에 남겨 둔 다른 아이를 데리러 다시 이쪽 강가로 왔다.

그런데 이게 웬일인가?

그가 이쪽 강가에 도달하기도 바로 직전에 곰 한 마리가 나타나, 이쪽 강가에 남겨 둔 아이를 물고 가 버렸다.

하산 베이는 너무나 마음이 아팠으나, 그는 자신에게 이렇게 말했다.

"만일 그것이 전지전능한 알라신의 뜻이라면 나는 이에 맞설 필요가 없지."

그 외로운 남자는 다시 자신의 앞에 놓인 길을 향해 계속 걸어갔다.

한편, 강물에 휩쓸려 내려간 아이는 어느 물방앗간 앞에 도착하게 되었다. 방앗간 주인이 그를 발견하고 그를 구해 집으로 데려와, 그 아이를 아들처럼 키웠다.

한편 그 쌍둥이 중 다른 아이를 물어간 그 곰은 자신이 평소 지내던 구덩이에 그 아이를 내려놓았다.

다음 날, 그 곰이 자리를 비운 사이에 그곳을 지나던 어느 숲의 나무꾼이 그 아이를 발견해, 그를 집으로 데려와, 그 아이를 아들처럼 키웠다.

하산 베이는 걷고 또 걸어, 마침내 어느 마을에 다다랐다.

그런데 그 마을 사람들은 글을 읽을 줄 몰랐다.

그는 그 마을의 이슬람교 교당에 머물면서 그들을 위해 글을 쓰고, 편지를 읽어 주고, 그렇게 해서 자신의 생계를 꾸려갔다.

여러 해가 지났단다.

하산 베이는 이제 턱수염도 났고, 늙었다.

한편 목동의 아내를 훔쳐 간 그 귀족은 그 목동 아내에게 자신의 아내가 되어 달라고 청했다. 그 여인은 그의 청을 받아들이지 않았고, 귀족은 그녀를 감옥에 가둬버렸다.

하산 베이의 쌍둥이 아이들도 다른 곳에서 자랐지만, 나중에 그 귀족이 운영하는 군대의 군인이 되었다. 그런데 그 두 아들이 자신의 어머니가 갇혀 있는 감옥을 함께 지키는 임무를 수행할 기회가 한 번 있었다. 그 두 사람은 자신들이 살아온 이야기를, 이런 이야기 저런 이야기를 하게 되었다.

먼저 한 사람이 말했다:

"내 이름은 **두르구트**라 해. 내겐 남동생이 있었어. 어느 여행자가 내 어머니를 훔쳐 가 버렸어. 우리는 어머니 없이 지내야 했어. 그런데 아버지가 나를 업고서 채 강을 건널 때, 그만 내가 그 강에 빠져 그 강물에 떠내려갔었어. 그런데 나중에 나는 방앗간 주인에게 발견되어, 그분 아들이 되었어. 나는 어머니, 아빠와 남동생에게 무슨 일이 있었는지 아직도 모르고 있어."

이제 다른 군인이 자신의 이야기를 했다.

"내게 형이 있었어. 어느 날 나는 강가에 있다가 곰이 나를 물어갔는데, 그때 아빠는 형을 데리고 강을 건너고 있었어. 곰에 물려 간 나는 어느 나무꾼이 나를 발견해 난 그분의 아들이 되었어.”

그 군인들은 그 이야기를 듣고서, 자신들이 서로 형제임을 알게 되었다.

그제야 두 형제는 서로 얼싸안았다.

마침 그 군인들의 이야기를 듣고 있던 감옥 안의 어머니는 그 군인들이 자신의 자식임을 알아차리고는 마침내 큰 소리로 외쳤다:

“얘들아, 이 안에 내가, 네 어미가 있단다.”

그들은 그 여자가 진실을 말하고 있음을 알고는 감옥의 문을 열었다. 그러자 어머니는 자신의 자식들을 얼싸안았다. 그 사이 사람들이 그 귀족에게 이런 정황을 알려 주었다.

그러자 그 귀족은 그 가족을 괴롭히지 말고 내버려 두라고 명령했다. 어머니와 두 아들은 그 귀족의 궁전의 방에 머무르게 되었다.

하산 베이는 그런 일이 있음을 알고는 자신의 가족을 찾으러 돌아왔다.

그 사이 그곳 주민들은 그 가족의 고단했던 삶을 잘 알게 되었다. 사람들은 그 나쁜 귀족을 내쫓고, 하산 베이를 귀족으로 대우했다.

이제 여러분은 하산 베이가 젊을 때 자신에게 닥친 불행을 어떻게 잘 극복했는지, 또 나중에 그가 늙어 행복한 삶을 보내게 되었음을 알게 되었을 것이다.

Malfeliĉo dum juneco

Vivis iam tre riĉa viro, Hasan Bej. Li estis tiom riĉa, ke li ne sciis la grandecon de sia havaĵo. La riĉulo havis du filojn, la ĝemelojn Durgut kaj Urgut.

Iun nokton, dormante, li sonĝis maljunan viron kun longa blanka barbo, kiu lin demandis:

– Hasan Bej, malfeliĉo trafos vin. Kiam vi preferos, ke tio okazu – dum via juneco aŭ dum la maljuneco?

La riĉulo ne povis respondi. Matene, kaj dum la tuta tago li ne povis forgesi la strangan sonĝon. La sekvan nokton en sonĝo denove aperis la blankbarbulo kaj lin demandis:

– Hasan Bej, malfeliĉo trafos vin. Kiam vi preferos, ke tio okazu – dum via juneco aŭ dum la maljuneco?

La riĉulo tuj vekiĝis kaj ne plu povis endormiĝi. Frumatene Hasan Bej eliris el sia domo, kaj ĝis la sunsubiro li sencele rajdis kaj pensadis pri la demando de la maljunulo.

Vespere, kiam li revenis hejmen kaj preterrajdis siajn agrojn, multaj liaj dungitoj iris al la vojo por saluti sian mastron. Sed la enpensiĝinta viro supozis, ke tio estas almozuloj kaj disdonis al ili la enhavon de sia monujo. Hasan Bej pensis, kion li dirus al la maljunulo. Ĉu la malfeliĉo trafu lin dum la juneco aŭ la maljuneco?

-Se mi dirus dum la maljuneco, certe mi ne havos forton por ĝisvivi. Mi diru: dum la juneco, esperante ke mi transvivos la malfeliĉon.

La trian nokton, kiam li denove eksonĝis, al la demando de la maljunulo li respondis:

- Mi preferas, ke la malfeliĉo trafu min dum la juneco.

Matene Hasan Bej ekrajdis por kontroli siajn kamplaboristojn. Tagmeze la riĉulo eniris en la moskeon por preĝi. Tiutempe venis lia servisto, kiu sciigis lin, ke la bieno kaj la alia lia havaĵo forbrulis. La preĝonta viro eĉ ne ekmovis sin, li nur diris:

- Se tio estas la volo de la ĉiopova Alaho, mi ne povus kontraŭstari.

Oni forŝtelis la restaĵon de lia havaĵo. Hasan Bej restis nur kun sia edzino kaj du filetoj, kun kiuj li ekiris por serĉi sian bonŝancon tra la mondo.

Atinginte iun vilaĝon, ili konstruis kabanon

apud ĝi. La malriĉa jam viro dungiĝis kiel vilaĝa paŝtisto, lia edzino, por travivi, lavis la vestojn de la preterpasantaj vojaĝantoj.

Foje la nobelo de tiu lando trapasis la vilaĝon, al li plaĉis la bela edzino de la paŝtisto. Li vestis sin kiel vojaĝanto kaj alportis siajn vestojn por lavado. Kiam la nobelo revenis por preni ilin, li envolvis la virinon en la vestojn kaj forŝtelis ŝin. Solaj, la knabetoj ekploris.

Vespere, kiam Hasan Bej revenis hejmen, li eksciis pri la forŝtelo de sia edzino. La povra paŝtisto nur povis respondi:

– Se tio estas la volo de la ĉiopova Alaho, mi ne povus kontraŭstari.

Jam matene Hasan Bej kun siaj du filetoj denove ekiris tra la mondo. Ili atingis riveron, ne estis facile travadi ĝin. La patro lasis unu el la filoj sur la bordo. Li surŝultrigis la alian kaj travadis la riveron. Kiam li atingis la mezon, glitiĝis lia piedo, kaj li falis. La fluo forportis la knabeton.

La viro revenis por preni la alian filon. Sed antaŭ ol li atingis la bordon, urso forŝtelis la knabeton. Hasan Bej tre ĉagrenis sed diris al si:

– Se tio estas la volo de la ĉiopova Alaho, mi ne povus kontraŭstari.

La soleca viro denove sekvis la vojon antaŭ si. La akvo forportis la filon, kiu falis en la riveron, ĝis iu akvomuelejo. Tie la muelisto trovis kaj adoptis lin.

La urso forportis la alian filon en sian loĝtruon. La sekvan tagon, kiam la urso forestis, arbaristo trovis lin, forportis hejmen, kaj adoptis la knabon.

Hasan Bej iris, iradis kaj atingis vilaĝon. La vilaĝanoj estis analfabetaj, pro kio li restis en la moskeo: li skribis, legis lerojn kaj tiel perlaboris sian panon. Pasis jaroj. Hasan Bej barbiĝis, maljuniĝis.

Post kiam la nobelo forŝtelis la edzinon de la paŝtisto, li proponis al ŝi esti lia edzino. La virino ne konsentis, kaj la nobelo malliberigis ŝin.

La filoj de Hasan Bej kreskis kaj fariĝis soldatoj ĉe la nobelo. Foje okazis, ke ili devis samtempe gardi antaŭ la malliberejo de sia patrino. Ili ekparolis pri sia vivo. La unua diris:

– Mia nomo estas Durgut. Ni estis du fratoj. Iu vojaĝanto forŝtelis mian patrinon. Ni restis sen patrino. Kiam nia patro travadis iun riveron, mi falis en ĝin. Postê min trovis kaj adoptis muelisto. Mi ne scias, kio okazis kun miaj patrino, paĉjo kaj fraĉjo. La alia soldato ekrakontis:

- Ankaŭ ni estis du fratoj. Urso forŝtelis min de la bordo de iu rivero, kiam paĉjo estis en la rivero kun mia frato. Arbaristo min trovis kaj adoptis.

La soldatoj komprenis, ke ili estas fratoj kaj ĉirkaŭbrakis sin. La patrino, kiu aŭskultis la rakontojn de la soldatoj, komprenis ke ili estas ŝiaj infanoj, kaj fine ŝi ekkriis:

- Infanoj miaj, interne estas mi, via patrino.

Ili komprenis, ke ŝi diras la veron kaj malŝlosis la pordon de la malliberejo. La patrino ĉirkaŭbrakis siajn infanojn. Oni rakontis al la nobelo pri la okazaĵo. Li ordonis, ke oni ne ĝenu ilin. La patrino kaj ambaŭ filoj ekloĝis en ĉambro de lia palaco.

Hasan Bej eksciis pri la okazaĵo kaj revenis por trovi ilin. La popolo eksciis pri la amaraj travivaĵoj de la familio. Oni forpelis la fian nobelon kaj nomis Hasan Bej-on nobelo..

Jen kiel Hasan Bej travivis la malfeliĉon, kiu trafis lin dum la juneco, kaj li travivis feliĉan maljunecon.

9. 두 자매

한때 어떤 자매가 살고 있었단다. **아이세**와 **파트메**가 그들이었단다. 그들 어머니는 아이세에겐 본 어머니였지만, 파트메에겐 새어머니였단다. 그 새어머니는 그 둘 중 파트메를 사랑하지 않았단다. 한번은 그 새어머니가 자신의 남편에게 말하였단다:

"당신이 뭘 해도 좋지만, 난 파트메를 더는 보고 싶지 않아요."

그러자 다음날, 아버지는 어린 파트메를 집에서 데리고 나와서는 그 딸에게 작별인사를 하면서 말했다.

"파트메야, 이제 네 행복을 찾아서, 네가 가고 싶은 곳으로 가거라."

그래서 파트메는 먼지가 날리는 시골길을 따라 걸어갔단다.

그녀가 어느 배추밭을 지나자, 갑자기 그 배추밭을 지키던 토끼 한 마리가 그녀를 만나러 나왔다. 토끼가 소녀에게 요청했다.

"언니, 제 발바닥에 박힌 가시 좀 빼주고 가세요."

파트메는 토끼 발에 박힌 가시를 빼주고는 길을 계속 걸어갔다. 그녀는 논밭을 따라 걸어가다가 어느 사과나무를 지나게 되었는데, 사과나무가 이번에는 그녀에게 요청하였다.

"언니, 저를 좀 청소해 주세요! 제 몸에 마른 가지들을 좀 잘라 주세요. 그러면 제가 언니에게 사과를 드릴게요."

파트메는 사과나무의 요청대로 해 준 뒤, 자신의 길을 계속 걸어갔다. 그녀는 걷고 또 걷고 하여, 어느 샘을 지나게 되었는데, 샘이 그녀에게 이번에는 요청하였다.

"언니, 제 샘 바닥에 쌓여있는 찌꺼기들을 좀 파낼 수 없겠어요? 그러면 제가 맑은 물을 드릴게요."

파트메는 자신의 소매를 접고 그 샘을 깨끗하게 청소해 주었단다. 그녀는 다시 먼지가 나는 시골길을 걸어가기 시작했다. 그녀는 자신이 오늘 걸어온 길이 얼마나 오래 걸었는지 모르지만, 이번에는 어느 벽난로 앞을 지나게 되었단다.

그러자 벽난로가 말했다:

"아름다운 소녀여, 저에게 석회를 좀 발라 주세요. 그러면 제가 빵을 만들어드리죠."

파트메는 그 벽난로에 석회 바르는 일을 해 주고는 길을 떠났다. 그런데 그녀가 들어서게 된 어느 낯설고 어두운 숲에서 그만 길을 잃었다. 그녀 자신은 지금까지 자신이 걸어온 길이 얼마나 오래 걸렸는지, 짧았는지 이 할미인 나는 모르겠구나. 하지만 이번에는 그녀가 나무 아래 앉아 있는 어느 노파를 만나게 되었단다. 그 노파가 그녀에게 말했단다.

"애야, 너는 여기서 뭘 하니?"

"새어머니가 저의 아빠더러 저를 집 밖으로 내쫓으라고 부추겼어요." 파트메가 대답했다.

노파는 그녀를 숲속에 있는 자신의 움막으로 데리고 갔다. 움막 안에 들어선 그 노파는 파트메에게 말했다:

"애야, 이 상자 안에는 내 자식들이 있단다. 그러니 저 자식들에게 먹이도 주고 마실 물도 좀 챙겨다 주거라." 그러고는 노파는 집을 나가 버렸다.

소녀는 먼저 그 자식들을 위한 음식을 만들었다. 그리고 그 상자를 열어 보니, 그 상자에는 뱀과 도마뱀이 가득 들어 있고, 움직이기조차 했다. 파트메는 조심조심해 그들에게 먹이를 주고, 마실 물을 가져다주었다. 집 안주인이 돌아 와 보니, 방이 잘 정돈되어 있음을 보게 되었다.

또한 그 노파의 자식들도 기쁜 표정으로 자신의 의견을 말하였다.

"저 언니가 저희에게 조심조심 먹이도 주고 마실 물도 가져다주어 갈증을 다 가시게 했어요."

새날 아침, 노파는 파트메를 강가로 데려갔다. 그곳에 노파는 자리를 잡고 앉아, 이렇게 말했다.

"이제 내 머리를 좀 빗겨다오! 그러면 빗질하는 사이에 하얀 물, 검은 물 또 노란 물이 흐를 것이다. 그중에 노란 물이 올 때, 만일 내가 잠이 깜빡 들었다면, 나를 깨워 알려라."

파트메는 시키는 대로 하였다.

그 노란 물이 흐를 때, 노파를 깨웠다.

노파는 파트메를 강물에 밀어 넣어버렸단다. 그 물에 빠진 파트메가, 잠시 뒤, 자신의 어깨에 무슨 상자 하나를 들고 물 위로 솟아오르는 것이 아닌가. 노파는 파트메에게 그 상자의 자물쇠를 열 열쇠를 주면서 이렇게 말했다.

"애야, 이걸 들고 집으로 가거라. 집에 가서 이 상자의 자물쇠를 이 열쇠로 열어 보거라! 그러면 필시 너의 새어머니가 너를 좋아하실 거야."

파트메는 자신의 마을로 출발했다. 정말 오래 걸어, 피곤하기도 하고 배도 고팠다. 그러나 파트메는 지난번의 그 벽난로가 있는 곳에 도착하니, 그 벽난로가 빵을 마련해 주었다. 그리고 계속 걸어가니, 그녀는 목이 말랐다. 그러자 지난번의 그 샘을 지나게 되었고, 샘은 그녀에게 시원한 물을 주었다. 이제 파트메는 계속 걸을 수 있었다. 그리고 그 사과나무가 있던 곳에 도착하여 사과나무 아래 그늘에 쉬자, 사과나무에 달린 사과를 먹을 수 있었다. 나중에 그녀는 자신의 어깨에 상자를 들고는 자신이 자라던 마을을 향해 출발했다. 그녀가 배추밭을 지나가자, 토끼가 그녀에게 배추를 주었다.

파트메는 자신의 마을에 들어섰다. 두엄 위에 있던 수탉이 파트메를 발견하고는 꼬−끼−오− 하며 말했다.

"꼬−끼−오! 파트메 언니가 온통 금을 뒤집어쓴 채 집으로 돌아오고 있어요."

그 말을 들은 새어머니가 자신에게 말했다.

"어디에 너의 멍청한 언니가 있다구? 이미 그녀의 뼈마저 썩어 버렸을 걸."

얼마 뒤 그 집에 파트메가 들어섰다.

그녀는 자신의 어깨에 상자를 둘러메고서, 이젠 더욱 예뻐 있었다. 집에 돌아온 그녀는 자신이 들고 온 상자의 자물쇠를 풀었고, 그 상자 안에는 수많은 금화와 보석이 들어 있었다.

욕심 많은 새어머니가 그 모습을 보더니, 곧 자신의 딸 아이세에게 파트메가 다녀온 그 숲으로 한번 가보라고 했다. 그러나 그 딸은 변덕스러웠고, 너무 자신만만했고, 아주 느린 소녀였다.

아이세가 토끼가 있는 배추밭을 지나갔을 때, 토끼가 그녀에게 요청했다.

"언니, 제 발에 박힌 가시 좀 빼주세요."

"지금 난 너에게 신경 쓸 시간이 없어." 그녀는 대답했다,

그녀가 파트메가 지나던 그 사과나무를 지나게 되었는데, 사과나무가 그녀에게 요청하였다.

"언니, 제 몸에 마른 가지들을 좀 잘라 청소해 주시겠어요?"

"난 할 수 없어, 내 옷은 새 옷이고 그 나뭇가지에 올라가면 이 새 옷은 찢어지지." 아이세가 말했다.

그녀는 그 샘을 깨끗하게 청소해 달라는 요청을 받자, 이렇게 말했다.

"난 두 팔에 금팔찌를 하고 있어. 너의 더러운 찌꺼기에 더럽혀지게 될 거야."

그녀는 이번에는 그 벽난로 앞을 지나게 되면서 벽난로가 석회를 좀 발라 달라는 요청을 듣고는, 거만하게 말했다:

"내 손엔 물감을 칠해서 내 손을 더럽히고 싶지 않아."

그 소녀는 이제 그 숲에 들어섰다. 그녀가 나무 아래 앉아 있는 그 노파를 만나게 되었다. 그 노파가 그녀를 그 숲 한가운데에 있는 자신의 움막으로 안내를 하고서, 그 집 주인인 그 노파가 이렇게 말하였다.

"애야, 이 상자 안에는 내 자식들이 있단다. 그러니 저 자식들에게 먹이도 주고 마실 물도 좀 주거라." 그리곤 그 노파는 집을 나가 버렸다.

느린 아이세는 형편없는 음식을 만들었다. 또 음식을 식히지도 않은 채 아직도 뜨거운 채로 그 노파 자식들에게 먹이로 주었다. 그러고는 그 자식들에게 아이세는 아주 차가운 물을 줘, 마시게 했다. 저녁이 되어 그 집 안주인이 돌아 와

보니, 그 안주인의 자식들이 불평을 쏟아내었다.

"저 언니가 저희의 입술을 데게 하고요. 또 아주 차가운 물을 저희에게 마시게 했어요."

새날 아침, 그 노파는 아이세를 강가로 데려갔다. 그곳에 노파가 자리를 잡고 앉아서는 이렇게 말했다:

"이제 내 머리를 좀 빗겨다오! 그러는 사이에 하얀 물이 먼저, 검은 물이 나중에 흐를 것이다. 그 검은 물이 흐를 때, 만일 내가 깜빡 잠들었다면, 나를 깨워 알려라."

아이세가 그 검은 물을 보자, 노파를 깨웠다. 노파는 그녀를 강물에 밀어 넣었다. 그 소녀는 물에 빠졌다. 그러나 잠시 뒤 그녀가 자신의 어깨에 무슨 상자를 하나 들고 물 위로 나오는 것이 아닌가.

노파는 그녀에게 상자의 자물쇠를 열어 줄 열쇠를 주면서 이렇게 말했다.

"얘야, 이것을 가져가서 너희 집에서 꼭 열어 보거라!" 그렇게 말하고 그 노파는 아이세에게 집으로 가는 길을 알려 주었다.

소녀는 먼지가 이는 시골길을 따라 출발했다. 정말 오래 걸어, 피곤도 하고 배도 고팠다. 더구나 그 벽난로가 빵을 마련해 주지도 않았고, 그 샘이 그녀에게 시원한 물을 주지 않았고, 그 사과나무가 사과도 주지 않고, 그 배추밭에서는 그녀를 아예 무시하였다.

반쯤 죽게 된 그 소녀는 자신의 마을에 들어섰다. 두엄 위에 있던 수탉이 그녀를 발견하고는 꼬-끼-오-하며 말했다.

"꼬-끼-오! 아이세 언니가 반쯤 죽은 채 집으로 돌아오고 있어요."

그 말을 들은 어머니가 집 대문 앞에 서서, 그녀가 어서 오기를 기다리고 있었다.

그들은 집으로 그 상자를 운반했다.

집에 들어선 그녀는 자신이 들고 온 상자의 자물쇠를 풀었다. 그 상자 안에는 수많은 독사가 기어 나와, 그 마음씨 나쁜 새어머니와 그 변덕스런 딸을 물어 버렸다.

그 뒤 그 아버지와 딸 파트메는 오랫동안 행복하게 살았다. 그렇게 이 할미의 <두 자매> 이야기는 끝이란다.

Du fratinoj

Vivis iam du fratinoj — Ajŝe kaj Fatme. Ilia patrino estis duonpatrino por Fatme kaj ŝin ne amis. Foje ŝi diris al sia edzo:

— Faru kion ajn, sed mi ne plu volas vidi Fatme.

La sekvan tagon la patro forkondukis la junulinon el la hejmo kaj adiaŭe diris al ŝi:

— Filino mia, iru aliloken por serĉi vian feliĉon.

La junulino ekiris laŭ la polva kampara vojo. Kiam ŝi preteriris brasikĝardenon, venis al ŝi renkonte leporo, prizorganta ĝin. Tiu ekpetis la junulinon:

— Franjo, bonvolu eligi la dornojn el miaj plandoj.

Fatme atente forigis la dornojn kaj iris pluen. Marŝante tra la kamparo, ŝi preteriris pomarbon, kiu ŝin petegis:

— Franjo, bonvolu purigi min! Derompu miajn sekajn branĉojn. Mi rekompence donos al vi pomon.

Fatme plenumis la peton de la pomarbo kaj daŭrigis sian iradon.

Marŝis ŝi, marŝadis, kaj atingis fonton, kiu

ekparolis al ŝi:

- Franjo, ĉu vi elĉerpus la ŝlimon el mia fundo? Mi donos al vi freŝan akvon.

Fatme kuspis siajn manikojn kaj purigis la fonton. Ŝi denove ekiris laŭ la polva kampara vojo. Longe aŭ mallonge la junulino iradis, mi ne scias, sed ŝi atingis fornon. Tiu ekpetis:

- Junulino bela, bonvolu stuki min. Mi rekompence donos al vi macon.

Fatme finstukis la fornon kaj denove ekiris. Jen la vojo perdiĝis en malluma arbaro kiun ŝi eniris. Longe aŭ mallonge ŝi iradis, mi ne scias, sed ŝi renkontis maljunulinon, kiu sidis sub arbo. Tiu demandis ŝin:

- Filino mia, kion vi faras ĉi tie?

- La duonpatrino instigis mian paĉjon forpeli min el la hejmo – respondis Fatme.

La maljuna virino kondukis ŝin al sia kabano meze de la arbaro.

Enirinte la kabanon, la maljunulino diris al Fatme:

- Filino mia, en ĉi tiu kesto estas miaj idoj, nutru kaj trinkigu ilin – kaj ŝi eliris.

La junulino kuiris manĝaĵojn, malfermis la keston, el kiu ekrampis serpentoj kaj lacertoj. Fatme atente manĝigis kaj trinkigis ilin. Kiam revenis la dommastrino, ŝi vidis, ke la ĉambro estas aranĝita. Ŝiaj idoj ĝoje esprimis kontenton:

- Franjo nin atente nutris kaj malsoifigis.

La sekvan matenon la maljunulino kondukis Fatme al la bordo de rivero. Tie ŝi sidiĝis kaj diris:

- Nun kombu mian hararon! Dume preterfluos blanka, nigra kaj flava akvoj. Kiam venos la flava, avertu min, se mi ekdormetos.

Fatme tiel faris. La maljuna virino ŝin puŝis en la riveron. La junulino dronis, sed tuj sin elakvigis kun kesto surŝultre. La maljunulino donis al ŝi ŝlosilon kaj diris:

- Filino mia, revenu hejmen kaj tie malŝlosu la keston! Certe vi tiam plaĉos al via duonpatrino.

La junulino ekiris al sia vilaĝo. Longe ŝi iradis, laciĝis kaj malsatiĝis. Sed Fatme atingis la fornon kaj tiu donis al ŝi macon. Post longa irado ŝi eksoifis. Kiam Fatme preteriris la fonton, tiu donis al ŝi freŝan akvon. Fatme ekmarŝis pluen. Atinginte la pomujon, ŝi ripozis sub ĝia ombro kaj manĝis pomojn. Poste ŝi surŝultrigis la keston kaj iris al sia naskiĝvilaĝo. La leporo donis al ŝi brasikon kiam Fatme preteriris la ĝardenon.

La junulino venis ai sia vilaĝo. La koko sur la sterkejo ŝin vidis kaj kokerikis:

- Kokeriko! Franjo Fatme revenas hejmen la tuta per oro kovrita.

La malica duonpatrino tion aŭdinte diris al si: "Kie estas via stulta franjo, jam eĉ ŝiaj ostoj putris."

Post kelka tempo la domon eniris Fatme. Ŝi portis keston surŝultre kaj nun estis pli bela. Enirinte la domon, ŝi malŝlosis la keston, en kiu brilis ormoneroj kaj gemoj.

Kiam la avida duonpatrino tion vidis, ŝi tuj sendis sian filinon Ajŝe al la arbaro, el kiu revenis Fatme. Sed ŝia propra filino estis kaprica, tro memfida kaj pigra junulino.

Kiam Ajŝe preteriris la ĝardenon de la leporo, tiu ekpetis ŝin:

- Franjo, bonvolu elplandigi miajn dornojn.

- Nun mi ne havas tempon por okupiĝi pri vi - respondis la junulino.

Kiam ŝi atingis la pomujon, tiu ekparolis:

- Franjo, ĉu vi purigos min de miaj sekaj branĉoj?

-Mi ne povas, miaj vestoj estas novaj kaj la branĉoj ilin disŝiros - diris Ajŝe.

Al la petoj de la fonto purigi ĝin, la junulino respondis:

- Mi havas orajn braceletojn je miaj brakoj. Via ŝlimo ilin malpurigos.

Ajŝe preteriris la fornon kaj aŭdinte ĝian peton pri stukado, ŝi aplombe rediris:

- Miaj manoj estas henaitaj, mi ne volas ilin malpurigi.

La junulino eniris la arbaron. Tie ŝi renkontis la oldulinon, kiu sidis sub arbo. Tiu kondukis ŝin al sia kabano meze de la arbaro. Ili eniris la kabanon kaj la dommastrino ekparolis:

- Filino mia, manĝigu kaj trinkigu miajn idojn, kiuj estas en ĉi kesto - kaj ŝi eliris,

La pigra Ajŝe faris aĉan kuiraĵon kaj per ĝi, ankoraŭ varmega, ŝi nutris la idojn de la maljunulino. Tiuj brulvundis siajn buŝojn. Poste Ajŝe donis al ili trinki malvarmegan akvon. Kiam vespere la maljunulino revenis hejmen, ŝiaj idoj ekplendis:

- Ŝi brulvundis niajn buŝojn kaj trinkigis nin per malvarmega akvo.

La sekvan matenon la maljunulino kondukis Ajŝe al la bordo de la mezarbara rivero, sidiĝis kaj diris:

- Nun kombu mian hararon! Dume

preterfluos blanka kaj nigra akvoj. Kiam fluos la nigra akvo, avertu min, se mi dormetos.

Kiam Ajŝe vidis la nigran akvon, ŝi vekis la maljunulinon. Tiu puŝis ŝin en la riveron. Ajŝe dronis kaj elakvigis sin kun kesto surŝultre. La maljuna virino donis al ŝi ŝlosilon kaj diris:

– Filino mia, malŝlosu la keston nur hejme – kaj ŝi montris al Ajŝe la vojon hejmen.

Ekiris la junulino laŭ la polva kampara vojo. Ŝi laciĝis, ekmalsatis kaj eksoifis. Sed nek la forno donis al ŝi macon, nek la fonto-akvon. La pomujo eĉ pomon ne donis, la leporo ignoris ŝin. Duonviva, ŝi revenis en sian vilaĝon. La koko sur la sterkejo kokerikis:

– Kokeriko! Franjo Ajŝe revenas hejmen duonviva!

Antaŭ la kortopordo senpacience ŝin atendis la patrino. Ili forportis hejmen la keston kaj la junulino ĝin malŝlosis. Elrampis venenaj serpentoj, kiuj mordis la malbonan duonpatrinon kaj ŝian kaprican filinon, kaj ili mortis.

Longe kaj feliĉe vivis la patro kaj Fatme, lia filino. Jen tiel ankaŭ de nia fabelo venis la fino.

10. 형제

옛날 어느 집에 형제가 살고 있었는데, 형은 이름이 **아흐멧**이고 아우는 이름이 **메흐멧**이었단다. 그들은 젊어서 장난도 잘 쳤단다. 봄철에 두 사람은 양떼를 지키는 목동으로 일하게 되었단다.

어느 날 오전, 메흐멧은 자신의 형에게 요청했단다.
"형, 우리가 준비해 온 점심을 먹어."
아흐멧은 아직 이른 시각이라고 대답했다. 그러나 아우는 참지 못하고 그 두 형제가 준비해온 점심을 혼자 모두 먹어치우고는, 그 비운 점심 보따리를 배나무 가지에 매달아 두었다. 배가 부르고 자신만만해진 메흐멧은 양떼 앞에 가서 선 채로 이렇게 말했다.
"이제 내가 배나무에 올라서 배를 따면 너희들은 내가 떨어뜨린 것을 모두 주워야 한다."
그는 배나무에 올라가서 나무에 달린 배를 따서 아래로 하나둘씩 떨어뜨렸다.
그러나, 만일 그 양들이 배를 모을 수만 있다면야!
어쩌다가 배 두 개가 어느 양의 귀에 걸리게 되었다. 그러고는 그 아우는 그 나무에서 뛰어 내려, 배를 모으지 못한 다른 양들을 향해서는 심하게 말했다.
"이 봐, 이 녀석은 배를 모았는데, 너희들은 왜 못해?"
그는 자신이 지니고 다니던 목동 막대기를 들어 자신이 지키던 양들을 닥치는 대로, ─그 한 마리만 놔두고 ─거의 죽을 만큼 때렸다.

아흐멧이 깜짝 놀라, 아우가 있는 곳으로 와 보니, 양떼가 거의 모두 죽음 직전의 상태 있음을 보고는 물었다.

"아우야, 누가 저 양 떼를 다 저렇게 죽을 지경으로 만들어 놓았니?"

"형, 내가 그랬어. 저 녀석들이 배를 주워 담으려고 하지 않아서 그랬지. 한 마리만 겨우 그걸 할 수 있는데, 다른 녀석들은 못하잖아." 그는 자신을 변호하듯 결론을 내렸다.

아흐멧은 화가 나서 아우에게 말했다.

"오늘 저녁 저 양떼의 주인어른께 우리가 뭐라 말하겠니? 이렇게 있지 말고 이곳을 내빼야겠다."

그렇게 말하고, 그렇게 그 형제는 줄행랑을 쳤단다.

그렇게 그 형제가 오랫동안 걸어 어느 방앗간에 다다랐을 때는 해가 서쪽으로 넘어갈 때였다.

그들은 그 안으로 들어가, 좀 쉬자며 그 방앗간 안에 들어가 앉았단다.

그때 방앗간 안쪽에서 그 형제가 보니, 자신들을 향해 오고 있는 곰 한 마리가 있었다.

그래서 아흐멧은 아우에게 말했다.

"아우야, 달아나자! 출입문은 어서 닫아!"

그러나 메흐멧은 무서워서 그 형이 하는 말을 잘못 알아들었다.

그래서 아우는 그 출입문을 집어 들어 자신의 어깨에 둘러메고 형의 뒤를 따랐다.

방앗간에서 멀어진 뒤, 그 형제는 쉬려고 멈추었다. 그때야 비로소 아흐멧은 아우의 어깨에 아직도 출입문을 들고 서 있음을 알았다.

놀라서 그는 메흐멧에게 물었다.

"아우야, 왜 너는 그 출입문을 그렇게 들고 섰니? 나는 그 출입문을 닫아 두고 오라고만 했지. 그래야 그 곰이 못 나오고, 우리를 잡아먹으러 오지도 못하거든."

형제는 자리에 앉아 오랫동안 자신의 행동을 의논했다. 메흐멧은 자신의 잘못을 이제야 이해할 수 있었다.

그는 자신의 아우에게 계속해 주의해야 함을, 또 다른 의견도 잘 따르라고 단단히 일렀다.

그렇게 일주일간 방랑을 해 보니, 그 형제는 배가 고프고 거의 죽음 직전의 상태가 되었단다.

그 형제는 어느 마을에 다다랐고, 그곳에 사는 착한 사람이 그들을 목동으로 일하게 해 주었다.

그렇게 씁쓸한 경험을 해본 두 형제는 그 뒤로 아주 조심성이 많았고, 자신들이 돌봐야 하는 양들을 잘 돌봐 주었다.

그래서 그 형제는 경험 많은 목동으로, 또 정직한 남자가되어 유명해졌다.

시간이 흘러, 그들은 결혼하고, 가정도 꾸리고, 자식도 낳게되었다.

그리고 모두는 오래오래 행복하게 살았단다.

Fratoj

Vivis iam du fratoj, Ahmet kaj Mehmet. Ili estis junaj kaj petolemaj. Printempe ili dungiĝis kiel paŝtistoj.

Iun tagon antaŭtagmeze Mehmet ekpetis sian fraton:

– Ni tagmanĝu, frato mia.

Ahmet respondis, ke ankoraŭ estas frue. Sed lia frato ne eltenis, li formanĝis ĉion sola kaj kroĉis la malplenan sakon al branĉo de pirujo. La sata, memfida Mehmet ekstaris antaŭ la ŝafaro kaj ekparolis:

– Nun mi faligos pirojn kaj vi devas kolekti ilin.

Sed, se la ŝafoj povus kolekti pirojn!

Nur paro da piroj kroĉiĝis al la orelo de iu ŝafo.

La junulo saltis de la arbo kaj ekriproĉis la ceterajn:

– Vidu, ĉi tiu ŝafo kolektis pirojn, kial vi ne povis?

Li prenis sian paŝtistan bastonon kaj mortbatis preskaŭ ĉiujn ŝafojn, nur unu restis viva.

Kiam Ahmet revenis al sia frato, li vidis la

ŝafaron morta kaj demandis:

- Kiu mortigis la ŝafojn, frato mia?

- Mi faris tion, ĉar ili ne volis kolekti pirojn. Unu ŝafo tion faris, kial la ceteraj ne povis? - sindefende konkludis li.

Ahmet kolere ekparolis al sia frato:

- Kion diri hodiaŭ vespere al la mastroj de tiuj ŝafoj? Mi proponas ke ni fuĝu de ĉi tiu regno.

Dirite - farite.

Krepuskiĝis, kiam post longa marŝado la fratoj atingis muelejon.

Ili eniris ĝin kaj sidiĝis por ripozi.

Tiam la junuloj vidis urson, kiu venis al ili de interno de la muelejo.

Ahmet diris al sia frato:

- Ni forkuru! Fermu la pordon!

Sed Mehmet miskomprenis pro timo.

Li prenis la pordon, surŝultrigis ĝin kaj postkuris sian fraton.

Estante for de la muelejo, la fratoj haltis por ripozi.

Nur tiam Ahmet vidis, ke lia frato portas surŝultre la pordon.

Kun miro li demandis Mehmet-on:

- Kial vi kunportas la pordon, frato mia? Mi

nur diris, ke vi fermu ĝin, por ke la urso ne povu eliri kaj persekuti nin.

La fratoj sidiĝis kaj longe diskutis siajn agojn. Mehmet komprenis siajn erarojn.

Li certigis la fraton, ke li plue estos atenta kaj sekvos la konsilojn.

Post tutsemajna marŝado, malsataj kaj duonvivaj, la fratoj atingis vilaĝon, kie bona homo dungis ilin kiel paŝtistoj.

Havante la amaran sperton, ili jam estis tre atentaj kaj bone prizorgis la ŝafarojn.

La fratoj famiĝis kiel spertaj paŝtistoj kaj honestaj viroj.

Pasis tempo, ili edziĝis, havis familiojn kaj idarojn, kaj ĉiuj longe kaj feliĉe vivis.

11. 세상은 넓은데, 사람들은 이상해

 어느 집의 젊은 며느리가 방을 쓸고 있었단다.

 그 방에는 태어난 지 얼마 되지 않은 간난 물소 한 마리가 있었단다. 무신경하게도, 그 젊은 며느리가 그 방을 청소하면서 그만 방귀를 뀌고 말았단다. 그래서 며느리는 방에 있던 간난 물소에게 말했단다.

 "아무에게도 이 사실을 알리면 안 돼. 보답으로 내가 너에게 내가 결혼할 때 입었던 예복을 입혀주마."

 그리고 며느리는 그 약속을 지켰다.

 나중에 시아버지가 그 방에 들어 와 보니, 결혼 예복을 입고 있는 간난 물소를 보고는, 며느리에게 이게 무슨 일이냐고 물었다.

그러자 며느리는 자초지종을 이야기할 수밖에 없었다.

 그러자 늙은 시아버지가 자신에게 말했다.

 "우리 며느리가 멍청해졌구나."

 그로 인해 늙은 시아버지는 이제 시름 한 가지를 더 갖게 되었다.

 한번은 시아버지가 자신의 맏딸에게 우물에 가서 물 길어 오라고 했다. 맏딸이 우물가에 가서 보니, 수양버들이 한 그루 서 있음을 보게 되었다. 우물 앞에서 맏딸은 생각에 잠겼다.

 '만일 내가 장래에 시집가서 아이를 낳을 것이고, 그 아이가 자라서, 그 아이와 내가 우리 부모님이 계시는 친정에 다니러 올 경우가 있을 것이야. 그러면 그 아이가 버들피리를 만들려고 저 수양버들의 가지를 꺾으러 이곳으로 올지도 몰라.

그때 그 아이가 우물에 빠질 수도 있겠는데, 그러면 나는 어떻게 하지?'

그렇게 맏딸은 자신의 처지를 말하고는 한숨을 내쉬었다.

한편, 아버지는 심부름 보냈던 맏딸을 기다리고 또 기다렸다. 그러나 그 맏딸은 도무지 모습을 보이지 않았다. 그래서 이번에는 아버지가 둘째 딸을 보내 물 주전자를 들고 물을 길어 보낸 언니를 불러오라고 했다.

둘째 딸은 우물에서 그 언니를 발견하고는 언니에게 말했다.
"아빠가 언니더러 어서 집으로 오라고 해."

그러나 언니는 공포에 질려 그 자매에게 말했다.
"만일 내가 장래에 시집가서 아이를 낳을 것이고, 그 아이가 자라서, 그 아이와 내가 우리 부모님이 계시는 친정에 다니러 올 경우가 있을 것이야. 그러면 그 아이가 버들피리를 만들려고 저 수양버들 가지를 꺾으러 이곳으로 올지도 몰라. 그때 그 아이가 우물에 빠질 수도 있는데, 그러면 나는 어떻게 해야 해?"

여동생은 언니의 말에 **"현명한"** 판단을 한 뒤, 역시 한숨을 내쉬었다.
"만일 언니에게 아이가 태어나면, 난 이모가 되겠구나. 또 언니가 말한 그런 일이 일어난다면, 난 어떡한담?"

그런데, 그 아버지는 심부름 보낸 두 딸이 돌아오기를 기다리고 또 기다렸다. 그러나 맏딸과 둘째 딸은 도무지 모습을 보이지 않았다.

그래서 이번에는 아버지가 딸들을 찾으러 며느리를 보냈다. 며느리는 시누이 둘을 만나서는 그들에게 이렇게 말했다.

"어서 집으로 돌아가세요. 아버님은 두 분이 아버님이 시키신 일을 하지 않았다고 화를 내고 있으세요."

그러자 시누이들은 좀 전에 자신들이 나누었던 그 이야기의 나쁜 징조에 대해 올케에게 말했다. 그러자 올케도 함께 한숨을 쉬며 말했다.

"만일 시누이의 아들이 우물에 빠진다면, 난 그것을 어찌 감당할까요?"

늙은 아버지가 기다려도 기다려도 아무도 집으로 돌아오지 않았다.

화가 난 그는 아내를 보내 딸들과 며느리를 집으로 오라고 했다. 늙은 아내가 우물에 도착해, 딸들과 며느리에게 겁을 주듯이 말했다.

"지금까지 왜 집에 들어오지 않느냐? 네 아버지가 너희가 오지 않아서 벌을 줄지도 몰라."

그러나 그 늙은 어머니도 며느리와 딸들이 나누었던 그 이야기의 그 나쁜 징조를 듣자, 크게 한숨을 내쉬며 말했다.

"그러면 내가 언젠가 할미가 되고, 내 외손자가 우물에 빠진다면, 나는 그것을 어찌 감당할고?"

그리고 이제 여인 4명이 우물가에서 아무도 위로해 주지 않는 한숨만 연거푸 내쉬고 있었다.

기다리고 또 기다리던 늙은 아버지가 이제 달리 보낼 사람도 없으니, 하는 수 없이, 마침내 그 우물에서 도대체 무슨 일이 일어났는지 보려고 직접 집을 나섰다.

그는 여자 넷이 우물 앞에 앉아, 자기들의 발을 가축들이 물을 마시는 물통에 담근 채 있는 것을 발견했다.

아버지를 본 맏딸이 자신의 '현명한' 예감에 대해 말했다. 더구나 아내는 딸들과 며느리와 자신의 발을 물에서 빼낼 수 없는 처지를 설명했다.

혼비백산해 있는 그들은 어느 발이 자신들의 것인지 모를 지경이라고 했다.

아버지는 자신에게 말했다.

"저들이 모두 바보가 되었구나. 내가 저들에게 도움이 될 치료 약이라도 구해 와야겠다."

그리고는 그는 빵과 치즈를 가방에 넣어 짊어지고는 먼지가 가득한 농촌의 길을 따라 길을 나섰다.

그는 걷고 또 걸어 마침내 어느 마을에 도착했다.

그곳의 어느 집안에 결혼식이 열리고 있었다. 그 결혼식의 신랑 신부와, 하객들이 그 집 대문 앞에서 슬픈 표정으로 서 있었다.

길손인 그가 그 사람들에게 무슨 일이 벌어졌는지 물으니, 그들이 설명해 주었다.

"신부가 저 대문을 들어설 수 없어서요. 신부는 키가 큽니다. 저희가 문턱을 낮추고, 그녀 신발도 깎아 보았습니다만, 도무지 그것으로는 도움이 되지 않습니다."

그 길손은 신부에게 다가가서 그녀에게 이렇게 말했다.

"내 딸아, 고개를 숙인 채 들어가거라!"

그러자 그 신부가 고개를 숙여, 무사히 그 대문을 들어갈 수 있었다.

문제를 해결해 준 고마움에 그 마을 사람들은 그 길손에게 금화가 가득 담긴 돈뭉치를 주었다.

그 길손은 그 마을을 떠나 여러 날을 더 걷고 또 걸었다.

마침내 길손은 새로 건물을 짓고 있는 어느 장소를 지나게 되었다. 그러나 서까래 하나가 분명히 짧아, 그곳 목수들은 그 서까래를 더 늘이려고 애를 쓰며, 이를 당기고 있었다. 길손은 그들에게 무슨 일이 있느냐고 묻자, 그들은 상황을 설명해 주었다.

길손은 그들에게 까뀌가 있는지, 또 못이 두 개 있는지 물었다. 그는 그 짧은 서까래에 여분의 조각을 덧붙여 못을 쳤다. 그렇게 하여 그 문제도 해결해 주었다. 그러자 목수들은 자신들의 작업을 계속할 수 있었다.

그들도 그 길손의 수고에 금화를 가득 담은 돈뭉치를 선물로 주었다.

그 남자는 계속 걸음을 걸어갔다. 그는 걷고 또 걷고 하여 마침내 날이 이미 저물었다. 그래서 그는 어느 작은 집 앞에 다다르게 되었다. 그는 그 집의 대문 앞에서 노크하고는, 하룻밤 여기서 묵을 수 있는지 물었다.

그 말을 듣고 어떤 여자가 밖으로 나와 말했다.

"이 좁은 집에 우리 7명의 이혼녀가 살고 있습니다. 방이 너무 좁아 우리만 겨우 지낼 수 있는데, 손님께서 하루 머물 곳은 없는데. 이를 어쩌나요?"

"제가 이 대문 뒤에서 하룻밤을 지냈으면 합니다." 그 남자는 대답했다.

저녁 식사를 마친 뒤, 여자 일곱은 자리에 앉아 이야기를 주거니 받거니 하였다. 누군가 가장 나이 어린 여자에게 물었다.

"막내 자매야, 네 남편은 왜 너와 이혼하게 되었는지 말해 주렴?"

그 물음을 받은, 가장 나이 어린 여자가 말했다.

"그이가 배추를 많이 사 왔지요. 우리가 그 배추들을 통에 넣고 절여 두었어요. 그런데 하루는 그이가 사냥하고 집으로 돌아와서는 저더러 우리 집 사냥개를 묶어 두라고 하였는데요. 저는 그 배추를 절여 놓은 통 손잡이에 그 사냥개를 매어 두었습니다. 그런데 그 사냥개가 그만 그 통을 끌어당기는 바람에 그 안에 절여 놓은 배추들이 모두 밖으로 쏟아져 나왔어요. 그래서 제가 지금 여기 와 있는 거예요." – 그렇게 그녀가 자신의 이야기를 끝냈다.

그러자 다른 이혼녀가 말을 이어갔다.

"제 남편은 곡식을 빻고 있었어요. 저희는 마차를 이용해 그 빻은 곡식이 담긴 포대를 겨우 운반할 수 있었어요. 저녁에 그이가 제게 말하더군요. "내일은 저 빻은 곡식으로 떡을 한번 만들어 봅시다." 다음날 저는 집 옆에 있는 우물에다 그 곡식 한 포대를 쏟았습니다. 나는 반죽을 만들려고 그 곡분을 물과 섞기 시작했지요. 그런데 제가 보기엔 그 곡분이 충분하지 않은 것 같아, 집에 있는 다른 모든 포대를 우물에 쏟아부어 봤어요. 그런데도 빵은 결국 만들지 못했거든요. 그래서 제가 여기 이렇게 언니들과 함께 지내고 있어요."

그렇게 다른 이혼녀가 자신의 이야기를 끝맺었다.

이제는 셋째 이혼녀가 자신의 이야기를 시작했다.

"남편은 가을 양식으로 쓰려고 암소 한 마리를 잡았지요. 나중에 저희가 그 생고기를 소금에 절여 두었어요. 그런데 저희 남편이 이렇게 말하였어요. "여보, 겨울에 우리가 저 생고기와 배추를 이용해 맛난 음식을 만들어 봅시다." 그래서 저는 그 생고기를 들고 배추가 있는 채소밭으로 가서, 배추 포기마다 생고기를 한 점씩 올려 두었습니다. 그랬더니 밤에 늑대들이 들이닥쳐, 그만 생고기를 집어 가버렸지요. 그런 저의 잘못된 행동에 남편은 저와 이혼해 버리더군요."

넷째 이혼녀가 말했다.

"한번은 제 남편이 빨간 물감 한 통을 사 왔어요. 그이는 그것을 도시에 가서 팔아 보려고 했지요. 그이는 그 물감 품질이 어떠한지 알아보려고 나더러 그것을 한번 시험해 보라고 했지요. 그래서 저는 목재로 만든 큰 여물통에 그 빨간 물감을 섞어 봤지요. 그리고는 그 여물통 안에 제가 들어가 앉아, 물감을 제 온몸에 칠해 보았지요. 그러고서 그 물감이 마르도록 우리 집 지붕에 올라가, 누워 있었습니다. 그런 저를 본 남편이 그만 저를 내쫓아 버리더군요."

그러던 사이에 시각은 자정이 되었다.

그 남자는 피곤해서 잠이 들었고, 다른 이혼녀들의 이야기는 듣지 못했다.

다음 날 아침이 되자, 그는 잠에서 깨어나, 자신이 지금까지 보고 들은 괴상한 사건들을 다시 생각해 보았다.

나중에 그는 자신이 계속 방랑하는 것은 의미가 없다는 것을 알았다.

그의 가족인 여성들만 이상한 것이 아님을 알게 되는 결론을 얻었다.

그는 그들을 위한 치료 약도 찾았다고 자각했다.

그는 자신의 마을로 돌아 와 보니, 아직도 여전히 그 우물가의 물에 자신들의 발을 담근 채 앉아 한탄하고 있는 여인 넷을 보았다. 그 남자는 그들에게 말했다.

"이제 내가 알게 되었어. 물에 귀신이 들려, 여기 있는 자네들을 혼비백산하게 만든 걸 알게 되었지. 그러니 내가 이 지팡이로 저 나쁜 귀신을 몰아내리다."

그러면서 그는 자신의 지팡이를 들어, 물을 한 번 세게 내리치고는, 물속에 있는 그 여인들의 발도 한 차례씩 때렸다.

그러자, 그 지팡이에 맞아 아픈 그들은 자리에서 곧장 일어나, 물에서 빠져나와, 집으로 달려갔다.

남자는 자기 가족의 불행이 이제 끝났다고 알라신께 고마워했다.

그는 이제 집으로 돌아갔다.

그곳에는 이미 이제 모든 것이 정상이 되었다.

그 가족은 그 남자를 존중하고 조심조심 행동하였다.

그때부터 그 온 가족은 수많은 해 동안 행복하게도 아무 혼돈 없이 지낼 수 있었다고 해요.

Mondo vasta, homoj strangaj

La juna bofilino balais la ĉambron. Ene estis ankaŭ ĵusnaskita bubalido. Balaante, la juna virino pretervole puis. Ŝi diris al la bubalido:

- Al neniu rakontu tion. Rekompence mi permesos al vi vesti mian nuptofestan robon.

Kaj ŝi plenumis sian promeson. Kiam la bopatro eniris la ĉambron kaj vidis la vestitan bubalidon, li demandis sian bofilinon pri tio. Ŝi rakontis kio okazis. La maljuna viro diris al si: "Nia bofilino estas stultiĝinta." Tio tre ĉagrenigis la maljunulon.

Li petis sian plej aĝan filinon porti akvon el la puto. La junulino atingis la puton, ĉe kiu kreskis saliko. Antaŭ la puto ŝi komencis mediti:

"Se mi iam edziniĝos kaj ekhavos knabon, li kreskos kaj ni gastos ĉe miaj gepatroj. Li povus veni ĉi tien por tranĉi branĉon por fajfilo. Se li falos en la puton, kion mi faros?" Tion ŝi diris al si kaj ekveadis.

Atendis la patro, atendis kaj sendis sian pli junan filinon por voki la fratinon, kiu alportu la akvokruĉon.

La junulino trovis sian fratinon kaj diris al ŝi:

- Paĉjo volas ke vi tuj revenu hejmen.

Sed tiu diris terurigite:

- Se mi iam edziniĝos kaj ekhavos knabon, li kreskos kaj ni gastos ĉe miaj gepatroj. Li povus veni ĉi tien por tranĉi branĉon por fajfilo. Se li falos en la puton, kion mi faros?

Post la "saĝa" konkludo la pli juna fratino ankaŭ ekveadis:

- Se vi havos filon, mi estos onklino. Se tio okazos, kion mi faros?

Atendis la patro, atendis, kaj sendis la bofilinon por voki siajn bofratinojn. Veninte ĉe la junulinoj, ŝi diris al ili:

- Tuj revenu hejmen, ĉar paĉjo koleras ke vi ne plenumis lian volon.

La fratinoj rakontis pri la malbonaj antaŭsentoj. Tiam la bofilino ankaŭ ekveadis:

- Se mia bonevo falos en la puton, kiel mi tion eltenos?

La maljunulo atendis vane, sed neniu revenis hejmen. Kolera, li sendis sian edzinon por venigi la filinojn kaj la bofilinon. Kiam la maljunulino atingis la puton, ŝi timige ekparolis:

- Kial vi ĝis nun ne revenis? Via patro punos vin.

Sed kiam ili rakontis la malbonaĵojn, ankaŭ ŝi plenvoĉe ekveadis :

-Se iam mi estos avino kaj mia nepo falos en la puton, kiel mi eltenos tion?

Poste la kvar virinoj daŭrigis sian senkonsolan veadon apud la puto.

La viro atendis ilin, atendis kaj fine ekiris al la puto por vidi kio okazas tie. Li vidis ke la kvar virinoj sidas antaŭ la puto kaj iliaj piedoj estas trempitaj en la akvujo por trinkigo de brutoj.

La filino rakontis pri sia "saĝa" antaŭsento. Krome, la edzino klarigis, ke ili ne povas elakvigi la piedojn, ĉar pro konfuzo ili ne povas kompreni kiu piedo kies estas.

La viro diris al si: "Ili estas stultiĝintaj kaj mi devas serĉi kuracilon por ili."

Li prenis sakon kun pano kaj fromaĝo kaj ekiris laŭ la polvoza kampara vojo. Marŝis li, marŝadis, kaj atingis iun vilaĝon. Tie okazis edziĝfesto. La novgeedza paro kaj la festantoj staris antaŭ la domo kun malĝojaj mienoj. Al la demando de la vagulo oni klarigis:

- La novedzino ne povas eniri tra la pordo, ĉar ŝi estas alta. Kvankam ni fajlis la pordon kaj ŝiajn ŝuojn, ankaŭ tio ne helpis.

La vagulo proksimiĝis al la novedzino kaj diris al ŝi:

- Kliniĝu, filino mia!

Ŝi kliniĝis kaj pasis tra la pordo. Pro ĝojo oni donis al la vagulo monujon plenan je oraj moneroj. La viro forlasis la vilaĝon kaj dum pluraj tagoj marŝadis.

Fine li atingis lokon kie oni konstruis domon. Sed unu trabo evidentiĝis mallonga kaj la majstroj tiris ĝin por plilongigi. La vagulo demandis ilin kion ili faras, ili tion klarigis. La viro petis pri adzo kaj du najloj. Li alnajlis kroman pecon al la mallonga trabo kaj la majstroj daŭrigis sian laboron. Tiuj ankaŭ donis al li monujon plenan je oraj moneroj.

La viro denove ekiris. Marŝis li, marŝadis kaj kiam jam estis malhele, li atingis dometon. Li frapis ĉe la pordo kaj petis permeson tranokti. Eliris virino, kiu diris al li:

- En ĉi tiu dometo loĝas ni, sep eksedzinoj. En la ĉambro estas loko nur por ni, kie vi povos tranoktadi?

- Mi povus tranoktadi malantaŭ la pordo - respondis la viro.

Post la vespermanĝo la sep virinoj sidiĝis kaj ekbabilis. Oni demandis la plej junan:

- Fratino, kial via edzo divorcis kun vi?

Ŝi ekrakontis:

- Mia edzo aĉetis brasikojn. Ni metis ilin en barelon kaj peklisilin.

Foje li revenis hejmen post ĉasado kaj petis min ligi la ĉashundon. Mi ligis ĝin al la krano de la barelo. Sed la hundo eltiris ĝin kaj la likvaĵo elfluis. Pro tio mi nun estas ĉi tie – ŝi konkludis.

La dua eksedzino ekrakontis:

- Mia edzo mueligis farunon, ni apenaŭ sukcesis alveturigi la sakojn per la ĉevalveturilo. Vespere li diris al mi: "Morgaŭ faru macojn por ke ni vidu ĉu la faruno estas bona." La sekvan tagon mi enverŝis sakon da faruno en la puton apud la domo. Mi provis miksi ĝin por fari paston. Ŝajnis al mi, ke la faruno ne sufiĉas kaj mi enverŝis la tutan farunon en la puton, sed macojn mi ne sukcesis fari. Jen kial mi nun estas inter vi – finis sian rakonton la dua eksedzino.

La tria komencis sian rakonton:

- Mia edzo buĉis bovinon aŭtune. Poste ni salumis la viandon kaj mia edzo diris: "Edzinjo, vintre vi kuiros bongustajn manĝaĵojn el la viando kaj brasiko." Mi prenis la viandon, iris en la brasikan ĝardenon kaj metis sur ĉiun brasikon po unu viandopecon. Nokte venis lupoj kaj formanĝis la viandon. Jen pro tiu misago mia edzo eksedzinigis min.

La kvara virino rakontis:

– Foje mia edzo aĉetis ledan sakon da henao. Li volis vendi ĝin en la urbo. Li deziris vidi ĉu ĝi estas bona kaj diris ke mi provu ĝin. En granda ligna trogo mi miksis la henaon, sidiĝis en ĝin kaj per henao mi ŝmiris mian tutan korpon. Poste mi kuŝiĝis sur la tegmenton de la domo, por ke la henao sekiĝu. Mia edzo min vidis kaj pro tio forpelis.

Jam estis noktomezo. La viro ekdormis pro laco kaj ne sukcesis aŭskulti la rakontojn de la ceteraj eksedzinoj.

Matene li vekiĝis kaj pripensis la viditajn kaj aŭditajn de li ĝis nun strangajn okazojn. Fine li konkludis, ke plua vagado estas senutila, ĉar videblas ke ne nur liaj virinoj estas strangaj. Li konsciis ke li trovis ankaŭ kuracilon por ili. Li revenis en sian vilaĝon, vidis la kvar virinojn, kiuj ankoraŭ veadis kun piedoj en la akvo. La viro diris al ili:

– Nun mi scias, ke la akvo ensorĉis kaj konfuzigis vin. Per mia bastono mi provos forigi la malbonan sorĉon.

Li levis sian bastonon kaj per ĝi bategis la akvon kaj la piedojn de la virinoj en ĝi. Tiuj pro doloro tuj elakvigis la piedojn kaj ekkuris hejmen.

La viro dankis al Alaho pro la feliĉa fino de la familia konfuzo. Li revenis hejmen. Tie jam ĉio estis en ordo. La familianoj estime kaj zorgeme lin renkontis. Ekde tiam la tuta familio vivis dum multaj jaroj feliĉe kaj sen konfuzoj.

12. '나스레딘 호자' 이야기

*때리는 것조차 소용없을 수도 있다

어느 날, 나스레딘 호자는 자기 아들을 불러 우물에 가서 저 항아리에 물을 담아오라고 했다. 아들이 물을 길으러 갈 때, 호자는 그 아들을 불러 아들 뺨을 한 대 때렸다.
그러고는 그는 아버지답게 말을 하였다.
"항아리를 깨지 않도록 조심해!"
나스레딘 호자의 아내가 이 모든 상황을 지켜보고는, 화를 내며 남편에게 말했다.
"왜 당신은 저 아이를 때려요? 저 아이가 저 항아리를 깨지도 않았는데요!?"
나스레딘 호자는 진지한 표정으로 대답했다.
"나중에 저 아이가 저 항아리를 깨뜨린다면, 그때 가서 저 아이를 때려 봐야 아무 소용이 없으니까요."

*그이가 찾을 수만 있다면

어느 날, 가난한 나스레딘 호자의 집에 도둑이 들었다. 나스레딘 호자의 아내가 겁에 질려, 남편에게 작은 소리로 말했다.
"여보, 우리 집에 도둑이 들었어요. 우린 어떻게 해요?"
그는 도둑이 들어 와 있던 곳을 쳐다보지도 않고 태평하게 대답했다
"여보, 걱정 말아요. 만일 저 도둑이 뭔가 소중한 것을 찾아

내면, 그때 내가 그에게서 그걸 뺏으면 되지요."

*도시로 가는 길

장이 서는 날이었다. 나스레딘 호자는 여러 마리의 닭을 닭장에 넣어 장이 서는 인근 도시로 닭을 팔러 출발했다. 호자는 들판에서 길을 걸어가면서 날짐승들이 닭장에 갇힌 것이 불쌍해, 이들을 당장 풀어 주었다. 풀려난 닭들이 사방으로 내뺐다.

그 모습을 보고 화가 치민 호자는 자신의 지팡이를 들어, 암탉들의 우두머리인 수탉을 향해 위협하며 말했다.

"이런, 녀석들, 너희들은 교활하구나! 새벽마다 아침이 언제 오는지 알려주던 네놈들이 어찌하여, 지금 도시로 가는 길을 제대로 모르느냐?"

*불쌍한 이

어느 날, 나스레딘 호자가 커피점으로 들어섰다.

"호자, 당신은 깊이 생각하지 않고 즉시 거짓말할 수 있는가요?" 커피점에 있던 어떤 남자가 말했다.

호자는 손을 내저으며 말했다.

"저를 건드리지 마세요, 오늘 제가 당신에게 농담할 처지가 못 됩니다. 아버지께서 별세했습니다. 저는 혼돈에 빠졌어요. 왜냐하면, 아버지 장례식에 필요한 돈이 한 푼도 없어서요."

그의 이야기를 듣고 있던 커피점에 있던 남자들은 그 이야기 중에 그의 갑작스런 부고 소식을 듣고는 깜짝 놀랐다.

그곳에 모인 사람들은 모두 돈을 얼마씩 내어 그 말을 한 나스레딘 호자에게 주었다.

그 돈을 받아든 호자는 커피점을 나갔다.

그런데 얼마 시간이 지나지 않아, 나스레딘 호자의 아버지가 커피점으로 들어섰다. 그러자 그 커피점에 있던 사람들이 깜짝 놀랐다. 그 사람 중 한 사람만 이런 말을 했다.

"아, 호자는 거짓말을 우리에게 파는 것조차 성공했군!"

*바람이 도우니

어느 날 바람이 세차게 불었다. 나스레딘 호자는 낙타를 타고 가면서 콩가루로 만든 미숫가루를 먹으려고 했다. 그러나 그가 그 가루를 입에 틀어넣으려고 하면 언제나 바람이 그 가루를 날려 버렸다. 그 때문에 그는 아무것도 입에 넣을 수 없었다.

어떤 남자가 그런 그의 모습을 보고는 물었다.

"실례합니다만, 호자, 당신은 뭘 먹고 있나요?"

호자는 고개를 내저으며, 대답했다.

"이렇게 바람이 도와줘도, 나는 아무것도 못 먹고 있네요."

*40년 된 식초

나스레딘 호자는 자신의 재치로 인해 명성이 자자했다. 한 번은 어느 커피점에서 어떤 남자가 그를 곤경에 빠뜨려보려고 그에게 물었다.

"호자, 댁에는 40년 된 식초가 있지요?"

"예, 제겐 있습니다." 주저함 없이 그는 대답했다.

"혹시 그 식초 조금 나눠 주실 수 있어요?" 남자가 요청했다.

"그건 안 됩니다." 호자는 대답했다.

"그건 왜죠?" 그 남자가 물었다.

"만일 제가 그런 요청을 하는 모두에게 그 식초를 나누어 주었다면, 지금까지 그 식초가 남아 있었겠어요?"

*그 날짐승도 자신을 씻을 권리가 있지요

한번은 나스레딘 호자가 자기 아내와 함께 빨래하러 호수로 갔다. 그가 비누와 옷가지를 호숫가에 두고서 다른 것을 가지러 간 사이에, 까마귀 한 마리가 날아와, 비누를 그만 물고 날아가 버렸다.

"어서 와 봐요, 호자, 저 까마귀가 우리 비누를 가져갔어요." 아내가 소리쳤다.

호자는 태연히 말했다.

"그렇게 큰 소리를 지르지 말아요! 저길 보오, 저 까마귀의 깃털은 우리 옷보다 더 더럽혀져 있지 않소. 저 가련한 새도 자신을 씻을 권리가 있지요."

*그이가 저 달을 물에서 건져 냈구나

어느 날 밤, 나스레딘 호자는 달빛을 이용해 우물에서 물을

긷고 있었다. 그는 그 우물 안에 환한 달을 보고는 자신에게
말했다.

"놀라운 일이네. 저 달이 우물에 빠졌구나!"

그러는 사이에 두레박이 저 아래에서 뭔가에 걸렸다.

호자는 온 힘을 다해 그 두레박을 끌어 올리려고 했다. 그
러나 그는 두레박을 물 밖으로 꺼내지 못했다. 그는 긴장해
서 온통 땀이 흘렀다. 그래서 그는 이번엔 우물의 도르래는
그냥 내버려 두고는 손으로 그 두레박과 연결된 줄을 당기기
시작했다. 그가 그 두레박을 물 밖으로 거의 끌어낼 수 있을
찰나에, 갑자기 그 줄이 끊어져 버렸다. 그 바람에 호자는 당
연히 덜렁 뒤로 자빠졌다.

그런데, 그렇게 자빠진 채로 하늘을 보니 하늘에 달이 떠
있는 것이 아닌가. 그는 자신의 아픔이란 싹 가시었다.

"내가 비록 땅에 넘어져도, 달을 물에서 건져 올리는 일은
성공했군. 하늘에 달이 성공적으로 떴구나."

그는 만족하게 결론을 내렸다.(*)

Rakontoj pri Nasreddin Hoca*

Eĉ la bato senutilos

Iun tagon Nasreddin Hoca petis sian filon plenigi argilan akvokruĉon. Kiam la filo ekiris, Hoca revokis kaj vangofrapis lin.

Poste li diris patrece:

– Atentu ne rompi la akvokruĉon!

Vidinte ĉion ĉi, lia edzino indigne sin turnis al Hoca:

– Kial vi batis la infanon, ja li ne rompis la akvujon!?

Nasreddin Hoca gravmiene respondis:

– Post la rompo, eĉ la bato senutilos.

Se li povos trovi

Nokte ŝtelisto eniris la malriĉan domon de Nasreddin Hoca. Lia edzino timeme ekflustris:

– Hoca, ĉe ni estas ŝtelisto. Kion ni faru?

Li, eĉ ne rigardante tien, trankvile respondis:

– Ne ĝenu vin, edzino mia, se tiu povos trovi ion valoran, mi facile forprenos ĝin de li.

La vojo al la urbo

En la bazartago, kun gekokoj en kaĝo, Nasreddin Hoca ekiris al proksima urbo por vendi ilin. Irante sur la kampo Hoca kompatis la birdojn, kaj ilin liberigis. Tiuj disiris diversflanken. Kolera pro tio, Hoca levis minace sian bastonon al la koko, estro de la kokinoj:

- Ho, vi, ruzulo! Ĉiunokte vi scias kiam mateniĝos, kial vi nun ne scias la vojon al la urbo?

Kompatindulo

Iun tagon Nasreddin Hoca eniris kafejon.

- Hoca, ĉu vi dirus al ni mensogon sen antaŭpensi? - demandis la viro.

Hoca mansvingis:

- Lasu min trankvila, hodiaŭ mi ne emas ŝerci. Mia patro forpasis. Mi konfuziĝis, ĉar mi ne havas monon por la entombiga ceremonio.

La viroj en la kafejo estis tre mirigitaj pro la neatendita novaĵo. Ĉiu oferis monon kaj oni kolektis sumon, kiun oni donis al Nasreddin Hoca. Li prenis la monon kaj eliris. Kiam post nelonga tempo la patro de Nasreddin Hoca eniris la kafejon, ĉiuj eksilentis pro miro. Nur iu povis diri:

- Ha, Hoca sukcesis eĉ vendi al ni sian mensogon!

La vento helpas

Iun tagon blovis forta vento. Nasreddin Hoca rajdante kamelon manĝis kikerfarunon. Sed ĉiam antaŭ ol enbuŝigi la farunon, la vento forblovis ĝin. Pro tio li sukcesis nenion enbuŝigi. Viro lin ekvidis kaj demandis:

- Pardonu min, Hoca, kion vi manĝas?

Ŝanceligante sian kapon, li respondis:

- Se la vento tiel helpas, mi manĝas nenion.

Kvardekjara vinagro

Nasreddin Hoca jam famis pro sia spiriteco. Foje en la kafejo viro deziranta lin malfaciligi, demandis:

- Hoca, ĉu vi havas kvardekjaran vinagron?
- Jes, mi havas - senhezite li respondis.
- Ĉu vi donus al mi iom da vinagro? - petis la viro.
- Mi ne povas - Hoca respondis.
- Sed kial? - la viro demandis.
- Ĉar se mi estis doninta al ĉiu petanto, ĉu ĝis nun restus vinagro?

Ĝi ankaŭ rajtas lavi sin

Foje ankaŭ Nastredin Hoca kun sia edzino iris al lago por vestlavado. Kiam li lasis la sapon kaj la vestojn sur la bordo por preni alian, korvo ekprenis la sapon kaj ekflugis:

- Revenu, Hoca, la korvo forŝtelis la sapon - kriis la edzino.

Hoca trankvile respondis:

- Ne kriu! Rigardu, ĝia plumaro estas pli malpura ol niaj vestoj.

- La povra birdo ankaŭ rajtas lavi sin.

Li elakvigis la lunon

Nokte Nasreddin Hoca profitante la lumon de la luno ĉerpis akvon el la puto. Li vidis en ĝi la brilantan lunon kaj diris al si:

- Mirinde, la luno falis en la puton!

Tiutempe la sitelo malsupre kroĉiĝis al io. Hoca per tuta sia forto penis eltiri ĝin. Sed li ne sukcesis elakvigi la sitelon. Li ŝvitis pro streĉo. Li lasis la turnilon de la puto kaj komencis tiri la ŝnuron mane. Li estis jam preskaŭ eltirinta la sitelon, kiam subite la ŝnuro deŝiriĝis. Hoca falis dorse surteren.

Vidante la lunon sur la ĉielo, li tuj forgesis la dolorojn:

- Kvankam mi falis surteren, mi sukcesis elakvigi kaj surĉieligi la lunon - kontente konkludis li.

옮긴이의 글

어깨동무여,

태어나서 함께 초등학교 학창시절을 보낸 고향의 어깨동무들이 나를 포함해 회갑을 맞는 나이에 들어섰음을 알았습니다.

그럼에도 내 머릿속에는 어깨를 나란히, 옷소매 깃을 닿으며 함께 뛰놀며, 십리 길을 내달리며 초등학교로 가던 유년 시절이 다시 생각납니다. 그때 내가 넘어지면 손잡아 일으켜 세워주고, 격려해주고, 웃게 만들어 준 어깨동무들, 그대들이 있기에 나는 여전히 오늘도 기쁩니다.

우리에겐 어릴 때 할머니에게서 들었던 옛이야기가 있듯이, 저 멀리 **동유럽 불가리아**에도 민담이 있습니다.

동유럽 동남부 발칸반도의 동부에 자리한 불가리아는 1396년 오스만 투르크 제국의 침입을 받아 완전히 점령당했습니다. 약 5세기에 걸친 오스만 제국의 지배를 받은 불가리아에는 터키(투르크인) 문화와 이슬람 문화가 많이 들어 와 있습니다. 이 민담에도 이슬람 문화의 여러 요소를 볼 수 있습니다. 투르크 제국의 지배하에서도 투르크인들은 그리스도교와 불가리아어를 말살하려고 하지는 않았다고 합니다.

불가리아 작가 '하산 야쿱 하산'이 자국에 전승해오는 터키 민족의 민담을 채록하여 1995년 국제어 에스페란토로 발간한 것을 우리 글로 옮겼습니다. 이 민담을 읽어보면, 우리가 어릴 때 들어 온 우리 민담과도 일맥상통하는 점을 보실 수 있습니다. 저 먼 나라 사람들의 상상력이, 우리 선조의 상상력과 어떤 동질감과 이질성이 있는지를 엿볼 수 있고, 그들의 지혜의 샘을 우리의 지혜의 기억과 맞춰 볼 기회가 되리라 자신합니다.

이렇게 번역 작업을 하던 중, 이 작가가 역자에게 보낸 시하나가 있습니다. '코로나 19' 상황을 극복하고 희망을 메시지를 전하는 그 나라 작가의 글을 여기에 소개합니다.

NIA URBO HODIAŬ

Jivodar Duŝkov

Esperantigis Hasan Yakub Hasan

Senhoma estas la urbo.

Nek kolomboj,

nek hundoj,

nek katoj senhejmaj videblas.

Ekzakte tian

mi ne memoras la urbon nian-

kvarantenan.

Kvazaŭ lepromalsana...

Malĝojon portanta...

Senvivecon blovanta...

Rare homoj kun maskoj

timeme paŝas...

...

Vi denove estos gaja!

Vi denove estos ĝentila!...

Vi denove estos vi mem!

Kaj vi vivos, vivados!

La 19-an de marto 2020, urbo Ruse

오늘날 우리 도시는

지보다르 듀슈코프 지음

시내 거리에 사람들이 보이지 않구나.

비둘기도 거리에 보이지 않고,

개 한 마리도 보이지 않고,

고양이 한 마리도 보이지 않고,

더구나 사람도 전혀 보이지 않구나.

바로 이 상황이

–생전 듣도 못한 '코로나 19'라는 전염병 상황이

닥쳐버렸네.

마치 한센병 환자가...

슬픔을 안고서...

바람에 흩날리듯이, 주검 또한 가볍구나...

마스크를 쓴 채 사람들은

드문드문

걱정하는 몸짓으로 걸어가는구나...

...

그래도 다시 즐거움을 되찾을 수 있게 노력해야 하리!

그래도 다시 평안함을 누릴 수 있게 노력해야 하리!...

그래도 다시 자신감을 되찾도록 애써야 하리!

그래서 우리 삶을, 우리 인생을 만들어 가야 하리!

2020년 3월 19일 루세 시에서.

옮긴이도 이 작품을 통해 제 자신의 어린시절을 되돌아다 봅니다.

초등학교 시절로 되돌아가게 하는 이 작품 『할머니의 동화』입니다.

이 번역작품이 우리의 지난 60년이라는 격동의 세월 속에서 지쳐버린 우리 영혼을 잠시 달래주는 한여름의 시원한 물

한 바가지가 되고, 초등시절 점심을 대신한 급식으로 받던 달콤한 옥수수빵 한 조각이 되어, 또 우리 손자·손녀에게 잠시라도 옛이야기 한 자락을 펼칠 수 있는 소재가 되었으면 하고 마음으로 기대합니다.

회갑을 맞는 어깨동무여, 두루 건강하고 행복한 나날이 이어지길 빕니다.

그렇게 이 작품은 먼저 제 초등학교 어깨동무들의 눈길에 먼저 닿았습니다.

그 어깨동무들은 정말 재미있다며, 아이들과 읽으면 참 좋겠다는 반응이었습니다.

그래서 이번에는 에스페란토 원문과 함께 여러 애독자를 만나보려고 진달래 출판사에서 소년의 마음으로 수줍게 다시 펴내 봅니다.

2021년 12월 15일

옮긴이 올림

옮긴이 소개
장정렬 (Jang Jeong-Ryeol(Ombro))

1961년 창원에서 태어나 부산대학교 공과대학 기계공학과를 졸업하고, 1988년 한국외국어대학교 경영대학원 통상학과를 졸업했다. 현재 국제어 에스페란토 전문번역가와 강사로 활동하며, 한국에스페란토협회 교육 이사를 역임하고, 에스페란토어 작가협회 회원으로 초대된 바 있다. 1980년 에스페란토를 학습하기 시작했으며, 에스페란토 잡지 La Espero el Koreujo, TERanO, TERanidO 편집위원, 한국에스페란토청년회 회장을 역임했다. 거제대학교 초빙교수, 동부산대학교 외래 교수로 일했다. 현재 한국에스페란토협회 부산지부 회보 'TERanidO'의 편집장이다. 세계에스페란토협회 아동문학 '올해의 책' 선정 위원이기도 하다.

역자의 번역 작품 목록*

-한국어로 번역한 도서

『초급에스페란토』(티보르 세켈리 등 공저, 한국에스페란토청년회, 도서출판 지평),

『가을 속의 봄』(율리오 바기 지음, 갈무리출판사),

『봄 속의 가을』(바진 지음, 갈무리출판사),

『산촌』(예쮠젠 지음, 갈무리출판사),

『초록의 마음』(율리오 바기 지음, 갈무리출판사),

『정글의 아들 쿠메와와』(티보르 세켈리 지음, 실천문학사)

『세계민족시집』(티보르 세켈리 등 공저, 실천문학사),

『꼬마 구두장이 흘라피치의 모험』(이봐나 브를리치 마주라니치 지음, 산지니출판사)

『마르타』(엘리자 오제슈코바 지음, 산지니출판사)

『국제어 에스페란토』(D-ro Esperanto 지음, 이영구 장정렬

공역, 진달래 출판사)

『사랑이 흐르는 곳, 그곳이 나의 조국』(정사섭 지음, 문민)
(공역)

『바벨탑에 도전한 사나이』(르네 쌍타씨, 앙리 마쑹 공저, 한
국외국어대학교 출판부)(공역)

- 『에로센코 전집(1-3)』(부산에스페란토문화원 발간)

- 에스페란토로 번역한 도서

『비밀의 화원』(고은주 지음, 한국에스페란토협회 기관지)

『벌판 위의 빈집』(신경숙 지음, 한국에스페란토협회)

『님의 침묵』(한용운 지음, 한국에스페란토협회 기관지)

『하늘과 바람과 별과 시』(윤동주 지음, 도서출판 삼아)

『언니의 폐경』(김훈 지음, 한국에스페란토협회)

『미래를 여는 역사』(한중일 공동 역사교과서, 한중일 에스
페란토협회 공동발간)(공역)

- 인터넷 자료의 한국어 번역

www.lernu.net의 한국어 번역
www.cursodeesperanto.com.br의 한국어 번역
Pasporto al la Tuta Mondo(학습교재 CD 번역)
https://youtu.be/rOfbbEax5cA (25편의 세계에스페란토고전
단편소설 소개 강연:2021.09.29. 한국에스페란토협회 초청 특강)

<진달래 출판사 간행 역자 번역 목록>

『파드마, 갠지스 강가의 어린 무용수』(Tibor Sekelj 지음, 장
정렬 옮김, 진달래 출판사, 2021)

『테무친 대초원의 아들』(Tibor Sekelj 지음, 장정렬 옮김, 진
달래 출판사, 2021)

<세계에스페란토협회 선정 '올해의 아동도서'> 수상작 『욤보르와 미키의 모험』(Julian Modest 지음, 장정렬 옮김, 진달래 출판사, 2021년)

아동 도서 『대통령의 방문』(예지 자비에이스키 지음, 장정렬 옮김, 진달래 출판사, 2021년)

『국제어 에스페란토』(D-ro Esperanto 지음, 이영구. 장정렬 공역, 진달래 출판사, 2021년)

『크로아티아 전쟁체험기』(Spomenka Štimec 지음, 장정렬 옮김, 진달래 출판사, 2021년)

『희생자』(Julio Baghy 지음, 장정렬 옮김, 진달래 출판사, 2021년)

『피어린 땅에서』(Julio Baghy 지음, 장정렬 옮김, 진달래 출판사, 2021년)

『헝가리 동화 황금 화살』(ELEK BENEDEK 지음, 장정렬 옮김, 진달래 출판사, 2021년)

『알기쉽도록 <육조단경> 에스페란토-한글풀이로 읽다』(혜능 지음, 왕숭방 에스페란토 옮김, 장정렬 에스페란토에서 옮김, 진달래 출판사, 2021년)

『사랑과 죽음의 마지막 다리에 선 유럽 배우 틸라』(Spomenka Štimec 지음, 장정렬 옮김, 진달래 출판사, 2021년)

『상징주의 화가 호들러를 찾아서』(Spomenka Štimec 지음, 장정렬 옮김, 진달래 출판사, 2021년)

『침실에서 들려주는 이야기』(Antoaneta Klobučar 지음, Davor Klobučar 에스페란토 역, 장정렬 옮김, 진달래 출판사, 2021년)

『공포의 삼 남매』(Antoaneta Klobučar 지음, Davor Klobučar 에스페란토 역, 장정렬 옮김, 진달래 출판사, 2021년)